鯨々

GEIGEI

18号

April 2025

「鯨々」同人会

鯨々

GEIGEI 18号＊目次

April 2025

【詩】

タイトルデザイン：村上英峻
表紙画：Surrealist Object Functioning Symbolically,
Salvador Dalí,1931-1973（The Art Institute of Chicago）

ペリシテ

沢田敏子

パレスチナとはペリシテ人《びと》の地　という意味です

さっき　ラジオの声がそう言うのを聴いた
ペリシテ人の地　から遠く
糧を求めて並ぶひとらの列に
そのかたも　並んでおられた

一日の疲労と寒気に包まれたそこでは
だれもが一様に憔悴していて
帽子を目深に被る男
スカーフで頭部を覆う女
外套もなく堅く組んだ腕で身を抱きしめる男
嘆きの顔を仰向けるほかないひと

こうべを垂れ　上着のポケットに手を入れたまま
黙っているひと
ふかい失意に打ちのめされたひとらのあいだに立つ
そのかたの姿は　自らの影を纏うように
施しを待つ列の中にあった

F・アイヘンバーグという画家の描いた
炊き出しを待つひとらの列に並ぶ
イエスは
痩身に黒い粗末なマントを纏い　その表情もはっきりしない

ニューヨークの
冷え込む冬の夜の公園に　そのかたは現われ
困窮の一日を分かち合われたのだろうか
(そのかたも貧しかったのだとわかる)
公園の片隅のベンチで
列に並ぶひとらを見ていた画家の
窮極の画筆は
あるとき画布を切り裂くナイフのように投げつけられる

けれど
オリエントでは
渇き　餓えた列は　あれから半歩も進まない
国連パレスチナ難民救済事業機関の
搬入トラックの　車列が阻まれるので
トラックの運転者が　空から狙われるので
ケレム・シャローム
ハンユニス
列に並ぶひまもなく食料に殺到するひとやこどもらにも
ときおり　銃弾が撃ち込まれる

つれあいが　戻ってくる
砂粒の付着した堅焼きのパンと乾燥豆の袋を摑んで

　おかえりなさい
　ただいま

わたしたちのことばは　のこりすくないちーずの

かけらみたいにゆかにこぼれおちている

＊F・アイヘンバーグ　木版画「炊き出しの列に並ぶイエス」

雑草の祈り

魚住珊瑚

たとえば切断
腰の高さまで伸びた雑草を刈る
引きちぎられる葉脈の
青臭さと
土埃のにおい
植物に感情があったなら
人間《わたし》を野蛮だと思うだろうか

雑草ひとつひとつにも名前があるのよ
陽光に揺れる川面沿いを
一緒に歩いたあの日
いくつかの雑草の名前を知った
ハルジオン　カタバミ　ホトケノザ　オドリコソウ
焼却施設しかない

この片田舎の庭には
どれもない
知らない雑草はすべて雑草のままだ
ゴミ袋に雑草をまとめる
この風景も
通行人Aにとっては雑草

たとえば灰燼
献花の花たちは
燃やされるために生まれたのだろうか
すこやかな温室で
雑草の存在など知らぬまま

ゴミ袋のような満員電車に詰められて
雑草たちが押しつぶされてゆく
叶うことなら
せめて
押し花になりたかった

ボーキャクの都市

渡辺玄英

忘却
ふるえる風の糸
（ボーキャクが織りなす拗音の吊り橋
いきていける（さ
さむさや　さいわい
さがしながらな（ら

ボーキャクって地球《ちきう》の形してる
歴史も忘れられて（立ち上がってうなだれて
逃げながら倒れていくたくさんの夢
あとは風の谺《こだま》してる廃墟《ここ》（ハイキョも拗音だった
ほら、ぼくらわたしらは凍えながら目撃する
不穏な捩《よじ》れ（よれたきゃ《キャ》とかきょ《キョ》とか
きしむ大気（の葬送《ソーソー》

地下鉄から地上におしだされると
都市の空を貝殻が覆っている都市の空に
ぼくらわたしらは金属音の火花を
ムヒョージョーに聞く
（お天気アプリをのぞきこんで
たしかめる （未来のアネモネ
ガーベラ　トルコキキョウ　かすみそう
これから何がおこるのか不明《フメー》だから
いろとりどりのサヨナラペットボトルと菓子のたぐい （それから
あざやかな切り花 （徒花
が （路上に咲きほこってる
（切り取られてコピペされた画《エ》がくるってる （みたい
写真のじぶんが歪んだ笑顔で遺棄されて
だからどーした
ってどうにもなんない （だろ （ただ
たいせつな記憶のうしろすがたが空白になって
四角い天と地がひょうりゅう
すんの （を
なにもできずに目撃してる

暴虐って遠い大陸の死体にも刻まれ
ている歓喜
に接続する忘却の糸が切れて（投げ出される
眠りが死の海域に近づくと夢をみる
~~（むなぐら摑んで殴りつづける夢とか~~
それから
朝に漂着する
と
夢をボーキャクして
ぼくらわたしらは冷たい青空に吊りあげられていく
（ボーキャクは空疎なキボー

明るいハイキョの都市（キボーのゼツボー
湾岸に橋がみえている（けど
遠近法がなにもかも狂ってる

こころ

鶯　奈日

窓
水滴が流れてゆく
落ちて
石にあたって
はじけるように
猫の体はやわらかい
ひとさし指で確かめて
てのひらで確かめ合うために
ウミガメの口元は傷ついていた
ある寒い、一月の朝
ゆっくりと降ってきた雪の子ども
あなたは、星みたいだと言った
私たちが悪役だったら
「かくとだに」

この瞬間に消えてしまうね、とも
ウミネコが集まる
あの辺りに
あなたは、いるのだろうね
凪いだ海に
てのひらくらいの石を投げて
海にいじわるしたくなる

「えやは」
待ち疲れた人たちは
ズボンのポケットに
海辺の砂を入れて泣いていた

「いぶきのさしもぐさ
さしもしらじな」
道徳とかいうルールを
やっぱり僕らは
学ばなければならないのだろうね
僕らはもう
獣には戻れない

自分の爪を興味本位で剝いだりして
そんなものさえ
たしなみになりつつあるんだもの
高かった空は手の届くものになって
地中の熱に触れて
あとは海にかえって
凪いだ水面になるだけだ

「もゆる
おもひを」

＊「かくとだにえやはいぶきのさしも草さしも知らじなもゆる思ひを」藤原実方（『後拾遺和歌集』）より

李《リー》の指紋

石松　佳

なぜこんなに多くの花瓶に李の指紋が付いているのか、わたしにはわからない
李は目の奥のdolphinの呼吸を解放してあげる

李の春服姿は目覚ましいものがある
だって、鎖骨のあたりを取り囲む花の細やかな嘘の縫製は
たくさんの羽虫を誘き寄せるだろうから
夜に空を見上げると
たくさんの魚の小骨が
今にも折れそうに光っているではないか
それに比べてあたたかい空気に溺れるきみたちは
いいかい、
恥を知りなさい

李の中に流れる牧歌はまるで生きている
葉が薄いとか、厚いとか

アルコールの匂いとか
粗い布の感覚、
そして山羊の性交
朝の盥に満たされた湯にひたすらひたすゆびさき
毛細血管がひらいてゆく
流れるものはすべて生きている

あそこの草原は
ところどころ罅割れていて
名を持たぬ神の衣服のようだ
手を伸ばせば
捕まえられる真っ白い蝶
ゆびについた
真っ白い鱗粉
生きとし生けるものは
耳鼻口から先に入ってくるのに
それらはきっとまだ生まれてはいない
丈高い草が風を受けてつぎつぎと折れてゆく
李は
忘れるために裸になる

隠れん坊　新阿呆リズムの稽古

北川　透

ことばたちが今日までさがしてきたものは　なんだろう
開かずの扉のまえで　低く鳴り響いている無言の渦まき

見つけて欲しいものは　貧しく衰えたおまえの像ではない
扉の内側で息をひそめている　未完のカラマーゾフの兄弟

それは熱量過剰の　嫉妬とか憎しみではないとすれば
それは塩分過剰の　歓びとか悲しみではないとすれば

ことばの眼差しは　いつも想像とは別の彼方から来る
無心だからこそ　病や狂気を超えて未知への道へ到る

直喩は恥ずかしかった　どこにも隠れる場所がないからだ
隠喩で隠レンボしていた　尻尾さえ隠せば見つけられない

今朝は七時二〇分に目覚めた　すべてが昨日のままだった
おまえが見た夢の世界では　すべてが荒廃する日常と化し
家には帰ろうとはせず　海へ漕ぎ出す櫓や竿を手放さずに
激しい波浪を怖れたが　帆を下ろし陸へは向かわなかった

もっとも深刻なショックは　自分が誰であるかに気づかず
自然の中にわが身を置いたら　枯死寸前の夢見る輩だった
偉大な合衆国という幼稚な風船が漂う　喜劇の始まりか
「民主主義をすべての人に！」と叫ぶ　悲劇の始まりか

人を赦すなんて言うな　誰も棺桶に赦しなど請うていない
赦しから解放された歓びに誰も気づかず　恥じらう救急車
ポピュリズムが吹き荒れている　と嘆いているおまえ様が
ポストモダンのただの形骸に痺れている　風景画家だとは
どうしよう　とげとげしい無数の針を飛ばし逃げ回っても

鋭い鎌を振りあげ追い詰めてくる男たちから　逃げられず

人間にとって歩くという行為は　もっともミステリアスだ
跳んだり　寝転んだり　這ったり　走ったり　とは違って

俺はひそかに石を投げたことがあるよ　あんたに向かって
眉間から血が流れたが　知らないふりして横道を曲がった

どんな欲望も心身から離れない　逃避によって汚れている
どんな絶望も心を充たさない　忘却によって私を売る日々

不思議だな　もう詩の源泉はとっくに涸れ失せているのに
あなたは俺に向かいこの道を共に歩きませんか　と言った

連載　第7回

いま、気になるマルクスとは？
――〈亡命〉というダイナミズム
劉燕子『不死の亡命者』（集広舎）について

北川　透

1　《六四天安門事件》から始まる

毎年、「現代詩手帖」（思潮社）の十二月号は「現代詩年鑑」として出されている。そこに「今年度の収穫」という、アンケートに対する詩人たちの回答が掲載されている。いつの年も、たいていはこれに答えているが、そこでは三つの質問がある。Q1とQ2は現代詩に関するものだが、Q3は《ジャンルや形式を問わず、本年度に読まれたり、ご覧になられたりしたもので、とくにご関心を持たれたものを挙げ》、その理由を書くことになっている。このQ3について、二〇二四年の一年間に発行された本のうち、わたし自身が強い刺激を受けた本が何冊かあったので、そのなかから四冊を選び、それぞれについて、アンケートとしては、不似合いな少し長い（四〇〇字×四枚半程度の）解説文？　を添えている。

そのアンケートの回答として、トップにあげたのが、劉燕子『不死の亡命者』（集広舎）だった。むろん、この著書では、在日中国人である劉燕子の祖国、共産党独裁下の中国から、十人ほどの知識人（作家・詩人等）を中心にした海外亡命者の活動が扱われている。これはただ想像に過ぎないが、劉燕子自身が〈在日知識人〉としての自分の存在を、〈亡命者〉と認識しているのだろう。少なくとも、その位相に立たなければ、彼女にとって、〈亡命者〉は他人事になってしまう。他人事では、この七百頁を超えて、ずしんと重い主題を扱った大冊は書けなかっただろう、と思う。それとわたしが個人的な興味？　を惹かれたことの一つは、この書には《国内亡命者》という規定があることだ。それまで気づかなかったけど、わたしは日本が好きだが、〈愛国者〉ではない。むしろ、〈愛国者〉は嫌いだ、と言っていい。しばしばこの日本という国から、疎外感を受けることがあり、劉燕子のこの書を読みながら、わたしの生き方は日本を愛する《国内亡命者》という、いささか屈折のある位相にいくらか近いかな、と思ったが、むろん、他人の目には、そう映ってはいないかも知れない。

さて、本論に入っていきたいが、ここで展開されている《亡命》というテーマは、言うまでもなく中国共産党の一党独裁に対する、著者の自由を求める切実なモティーフに根ざしており、この雑誌「鯨々」でのわたしの連載評論〈いま、気になるマルクスとは〉で、書いてきている思想的なテーマ、マルクスを見失った〈マルクス主義〉批判に、強く訴えてくるものがあるのを感じた。しかし、この書を取り上げようとして、ひるむ気持ちがなかったわけでもない。なぜなら、それは先にも触れたが、これは七百頁以上もある大冊であり、それを読み込むだけでも多くの時間を要するからだ。しかもそこで沢山の資料や参考文献を駆使して論じられているのが、わたしがこれまで知らずに来た、中国の《亡命知識人》の思想的な生死に関わる、深刻な諸問題だった。亡命者の自助や支援に関わる困難、亡命先の言語等、あらゆる〈亡命〉の諸相を理解しなければならない。〈亡命〉に関して無知のままこれまで生きて来たわたしが、年齢的に生涯の終わりを迎えている時期に、それについて何かを書こうと思うこと自体が向こう見ずの態度と言うべきだろう。

しかし、これを読みながら、これまでわたしが考えたことのない、何かを教えられ、何かに疑問を感じ、何かに強い感銘を受けたとしたなら、それを書いておきたい、と思うはずだ。いや、それを強く思わせる力がこの書には潜んでいたのだった。近頃、こんなことはめったに起こらない。たぶん、わたしの貧しい感受力、理解力では、消化不良のアプローチになるだろうが、今はそれを理由にして、変な言い方になるが、この《亡命知識人》に迫る力の渦巻いている場から、逃げたくはない、と思った。

前にも幾度か書いているが、わたしは一九九五年二月から半年間、国際交流基金の委嘱で、北京外国語大学大学院付設の日本学研究センターで、半年間、日本近代文学等を教えたことがある。その時に、日本から〈詩人〉が講師として来ているといううわさを聞いて、何人かの大学院生ではない社会人が混じって、受講していた。むろん、非公然だが、事務局に聞いたら構わない、ということだったので、学生と同じように受講生として対処することにした。彼等と授業後、話をしていて、漠然と感じてはいたが、この書を読むまで、認識するには至らなかったことがあった。それは一九四九年、毛沢東の中国共産党による新政府ができて以来、その共産党の専制支配の国家のもとで起こっていたのは、〈知識人〉の存在根拠の無力化という事態だった。もとより、〈知識人〉というのは、劉燕子の概念にならって言えば、物を考えることを仕事にしている人たちだが、それは学ぶことに喜びを見出す、〈市民〉や〈労働者〉への広がりを持っているだろう。わたしたちは日本において、大学教授や評論家などの専門性をハナにかけて、テレビ等で、くだらないおしゃべりをしている、おバカさんの〈知識人〉を溢れるほど知っている。わたしもまた、そんなところでおしゃべりこそはしないが、詩や批評を存在根拠として書いている、貧しい〈知識人〉の一人ではあるだろう。

しかし、先進資本主義国家だけでなく、後進国、あるいはロシア、中国のような、〈社会主義国家〉を装っている全体主義国家において、肯定的な文脈で〈知識人〉と言えば、その存在根拠は、自由な思想信条を持って生きている人、ということになる。その〈知識人〉が思想（哲学）分野に関わっていれば、哲学者や思想家であり、詩歌や小説、批評、芸術に関わっていれば、詩人や歌人、小説家、文芸批評家、芸術家と呼ばれる。彼等のなかには、その知識や表現力を買われ、活用され、御用宣伝家（イデオローグ）になったり、国家、政府機構の官僚になったりする者もいる。なぜ、革命後のロシアや中国に、かつてのドストエフスキーや魯迅のような世界的な文学者が、生まれてこないのだろうか。思想・表現の自由を圧殺する、共産党の独裁下において、〈知識人〉を生み出す社会的基盤が失われているというか、無力化されているからだ、という理由しか考えられない。

劉燕子のテキストをもとに、ここでわたしが考えようとしているのは、共産党独裁下の全体主義国家の中国で生きられなくなった、自由な知識人の運命に関わることだ。革命後の中国では、いわば公的に（公務員として）、党や国家の政治政策を宣伝する〈御用詩人〉や〈御用小説家〉を務める者は沢山いても、自由に創造的な表現に携わる、詩人や小説家は、非合法化された〈地下〉でしか生きられない。〈白昼〉に出現すれば、国家の権力機構から拘束、抑圧等を受け、思想転向や、沈黙を強いられたりして、市民としての生活に、不自由や生命の危険性を感じるようになる。そして、そこまで追い詰められたら、海外（国外）に逃れ、〈亡命〉するという困難な境遇において、自己の思想信条が生かされる、自由な表現が可能な生活形態を求めざるを得なくなる。

日本にいるわたしたちが、自らの多種多様な思想信条を根拠にして、（冗談めくが）こんな同人雑誌（本誌「鯨々」のこと）を、どこからの許可も得ず、勝手に発行して、〈監視〉や〈検閲〉もされず、従って、何を書いても〈拘束〉や〈亡命〉から免れているのは、現行の「日本国憲法」が、《信教の自由》（第二〇条）、《集会・結社及び言論、出版、その他一切の表現の自由》〈第二一条〉を保証しているからだろう。つまり、〈知識人〉であろうとなかろうと、日本に住むわたしたちにとって、この《知識人の亡命》というテーマは、いささか実感しにくい、距離のあり過ぎる問題提起であると感じる人が多いかもしれない。しかし、過去の日本にも〈亡命〉がないわけではなかった。思いつくままに、その一例を挙げれば、戦前・戦後の日本において、日本共産党の指導者であった、徳田球一、野坂参三はソ連〈現在のロシア〉や中国に亡命していたことがある。また、一九七〇年には、当時の過激派左翼であった、共産主義者同盟赤軍派の実行グループが、追い詰められた果てに、《よど号ハイジャック事件》を起こし、金日成の独裁下にあった北朝鮮に亡命した。いずれもそれらはマルクスの思想とは無縁の、教条マルクス主義に基づく、世界観とも言えないような、硬直した、独善的な政治思想が引き起こした〈事件〉であり、〈知識人〉ですらない彼らを、ここでいう《亡命知識人》とは呼べないだろう。ただ、亡命はないが、思想転向はあった。

むろん、わたしはできるだけ自分〈あるいは自国〉の思想的課題に引き寄せて考えたいので、この大変な力作『不死の亡命者』を、中国の《亡命知識人》の単なる研究書としては読みたくない。しかし、身のまわりの家族、郷土、国家、社会を、〈知識人〉としての自由、反権力、反体制の思想の故に失い、それ等に対峙する新たな思想の再構築を追求しようとする方法が、この書では〈研究〉というスタイルを持っていることには、いささか違和感を持たざるを得ない。〈研究書〉というスタイルには危ないところがある。なぜなら〈研究〉というアカデミックな体裁をとろうとしているために、〈知識人〉の〈亡命〉が持っている政治的、あるいは思想的ダイナミズムが、よく見えない、あたかも霞がかかっているようにも感じられる所がないわけではないからだ。むろん、そこには著者自身の在日中国人としての存在を、政治的に防衛するという意識が働いているのかも知れないが、これだけのことを書けば、彼女自身の〈思想の展開〉であっても、〈研究〉であっても、その〈素晴らしい〉危険度に変わりはない。

それはともかくこの書の意図は、巻頭の「小序」に短くまとめられている。それによれば、まず、この書の成立する根拠は、中国の政治文化が、〈知識人〉の移動をもたらし続ける〈亡命〉というテーマを抜きにしては考えられないところにある。ここで〈亡命〉は〈知識人〉において起こっている問題であり、中国共産党の一党支配下に置かれている国民が、〈亡命〉することすら不可能な隠蔽された抑圧下にあり、それに対する抵抗や葛藤、そして、強いられている〈無言〉の有意味性が、直接的に追及されているわけではない。〈研究〉というスタイルでは、それをするのは不可能だからだ。むろん、強いられているにしても、〈亡命〉が可能なのは、〈知識人〉だからであり、あくまで《亡命知識人》にかかわる〈研究〉が課題となるのであった。それを提示し、次に〈亡命〉の歴史が概観され、《研究の現状と到達点》が確認されている。見事に首尾一貫した展開がそこにあった。

こうして《六四天安門事件》と《ポスト天安門時代》における中国《亡命知識人》のライフ・ヒストリー（life history）とヒストリ（history）とが、交差するダイナミックスがとらえられている。そこで注意すべきなのは、亡命が《中国知識人の海外への亡命だけでなく国内亡命、精神的な亡命も》論究の対象になっていることだ。また、《亡命知識人》は《激動の歴史に翻弄され》ながらも、それを乗り越えて、《歴史の真相究明や普遍的価値である自由の追求》に努めることが明らかにされようとする。亡命者は《越境し、故郷から引きはがされても》、なお《もう一つの存在意義を示しており、この存在論的な次元で真の批判者（傍点は北川）としての知識人は、時代を超えて「永遠不滅（不死）の亡命者」となる。》と、いくらかロマン的なひびきをもった意義が付与されている。

劉燕子の叙述は明快であり、いわゆる意味として解らないところはほとんどない。しかし、一九八〇年代以後の中国の政治的な側面における歴史、そこに登場する人物（共産党の指導者）などについての知識がないと、理解に苦しむところがあるような気がする。そもそもここに出ている《六四天安門事件》とは何か、というのも、その一例だ。まず、ここでは《六四天安門事件》が何かということが分らないと、〈事件〉後、そこで起きた大規模な〈亡命〉者の出現も理解できないだろう。そこでわたしも、その素描から始めることになるが、《六四》というのは一九八九年六月四日を指す。この日に、中国の首都、北京市の天安門広場に、そこを埋め尽くすほどの、若い学生を中心にした群衆が集まった。この故宮の天安門に隣接する広場には、五十万人の群衆が入る、と言われている。わたしは観光？目的で何度も見たのでわかるが、日本の皇居前広場をさらに大きくした広場を想像すれば、少しは似ていなくはない。毛沢東記念堂や人民大会堂（議事堂）もあり、六月四日はこの広場を埋め尽くした、学生、若者を中心にした群衆によって、中国の政治や文化の改革を底辺から求める、歴史的な出来事が起こった日だった。しかし、それは共産党政府の指令下、人民解放軍の戦車による武力介入、容赦しない弾圧により、多数の死傷者を出して終結させられていった。（中国共産党の公式発表では、死者三一九人だが、これを信ずる外国の公式機関はない。英国の外交機密文書では犠牲者は一万人とされている。）

それが《六四天安門事件》として、今日知られているものだが、ここでは天安門事件の解説が目的ではないので、素描にとどめたいが、当時、中国共産党の内部では、若者たちの民主化運動の高まりに呼応して、改革を進めようとする党総書記の胡耀邦がいた。しかし、彼が亡くなったころから、その葬儀までに、自然発生的に起こった政治改革を求める運動が、北京にとどまらず、上海を始め、全国に広がり始めたのだった。それに危険を感じた党主席鄧小平は一九八九年五月十九日、戒厳令を布告している。……わたしはここまで書いてきて、著者の劉燕子の『不死の亡命者』のモティーフと、わたしのそれとがいささか食い違ってきていることに気づいている。というのも劉燕子は、一九八九年六月四日に起こった〈事件〉は、あえて考察する必要のない、既定の前提であり、それより、その事件の結果起こった大量の〈亡命知識人〉の〈亡命〉後の生きざまや、その経験が生かされた作品や学術研究の性格、成果をみようとしているからだ。つまり、書こうとするモティーフが、異なっているので、そこに考え方の相違があるわけではない。では、どのようにして、〈亡命〉は起こるのだろうか、それを後で登場する作家の高行健の場合について見てみよう。

「六四」天安門事件が起きると、高行健は「私は亡命作家の身分を全く包み隠さずに、公然と宣言し、生きているうちに、再び専制政治のいわゆる祖国に戻ることはない。（略）私はその血腥い弾圧を公然と非難し、また中国共産党を脱退する。」と中国への決別を宣言した。ここで「いわゆる祖国」というのは、中国共産党体制のいう「祖国」である。何故なら、彼のその後の作品は、中国の歴史・伝統・文化などを背景にしているからである。つまり、「いわゆる祖国」との決別は、言論を統制する中国共産党体制からの「逃亡」であった。

高行健は「中国とは私の言語の中にあるのみ、それで十分」であると考える……。そして国外亡命後も「東洋の現代精神」の表現を重視する……。他方、一九九三年の時点で彼はフランス国籍の取得をのぞんではいなかった。それは「エミグラント（自国から他国へ移出した人（北川）」として「自己の独立性を証明できるか」否か、それを試そうとしていたからであった。

従って、高行健にとって「亡命とは消極的なものではなく、自身の価値を捜し求めるために政治の圧迫から逃れること」であった………。確かに、フランス国籍を一九九七年に取得するが、それでも変わることなく中国に根のある自分の「価値」を探求し、東洋的な精神や情感を内包させた作品を創り続けた。

（「第五章　亡命作家・詩人としての存在の条件と言語」。なお、……は北川が省略した部分を指す）

ここには祖国からの《逃亡》が、作家である高行健にとって、生きる《価値》の探求であり、それが作品の《創造》に繋がり、《亡命》に転化するダイナミズムがよく浮き出ている。高行健はフランス国籍を持つ中国人として、ノーベル賞を最初に受賞した作家だ。代表作の『霊山』や『ある男の聖書』は、日本語訳が集英社から出ている。

【註】「Ⅱ〈亡命〉というダイナミズム」は次号に掲載の予定。それから、『不死の亡命者』を読むまで忘れていたが、《六四天安門事件》より、十二年ほど経過した、二〇〇六年十一月二〇日、二一日の両日に、北京で「日中現代詩シンポジウム」が行われた。二〇〇七年十一月三〇日、十二月一日の両日には東京でも、「日中現代詩シンポジウム」が持たれた。いずれのシンポジウムにも、わたしは参加しているが、その中国側詩人の参加者で、この『不死の亡命者』に、名前が出てくる何人かの詩人がいる。次回ではその時の発言をも参照しながら、《亡命》の問題を考えられたらいいな、とこれを書きながら思った。

「鯨々」誌投稿規定

「鯨々」誌は一年に三回、四月一日（原稿締め切りは一月三十一日）、八月一日（原稿締め切りは五月三十一日）、十二月一日（原稿締め切りは九月三〇日）です。

同人でなくても、三号分＝二四〇〇円以上の購読費を、発行所（振込先）に納入いただいている直接購読者の方は、詩、短歌、俳句のジャンルなら、投稿できます。ただし、詩の場合は四〇行以内とし、短歌、俳句も、それに準じます。投稿作品は、編集同人会で、その採否を協議した結果を、お知らせします。編集、一般同人の投稿規定は、既に了解されているので、ここに記しません。

なお、投稿は必ず、メール添付のワード原稿でお願いします。

投稿・原稿の問い合わせ先

zz79@goo.jp（渡辺玄英宛）

「件名」に《「鯨々」原稿》と記入してください。

荒川洋治ノートXIV

「世間」の窓から見る——詩集『渡世』について

中原秀雪

荒川洋治は、九〇年代以降、見えるものを凝視することで発見した外部としての「社会」=時事を、「現代詩」の素材やテーマにするようになった。それは、詩集『ヒロイン』(花神社、一九八六年)の「内輪話」や「隠語」にみられる排他的で自閉的世界を潜り抜け、外部に向って開かれた微光を感じさせるものがある。詩集『一時間の犬』(思潮社、一九九一年)のあたりから、その予兆はあった。以後、模索しながら新たな詩の変貌を遂げていく。詩集『渡世』、『空中の茱萸』、『心理』として展開されていくのである。

荒川の向き合った社会=時事を、いわゆる「政治」、「経済」、「社会」、「国際情勢」、「スポーツ」、「芸能」、「詩・文学」、「エンタメ」などと簡便に区分けすることは出来る。ただ、それを、単なる「時事評」と呼ぶにはいくらか抵抗がある。これまで、新聞、雑誌に彼が書き綴った膨大な書評をみればそれは解かるだろう。彼が執筆のきっかけにしたものは、顔を突き合わせる集合体という「世間」で掴み取った身体性のある「現実」をモチーフにしているからである。

当然なことであるが荒川は、当時流行した西欧の文学理論や知識・情報によって書評を書かなかった。彼の著書『文庫の読書』(中公文庫、二〇二三年)を読めばそれは明瞭である。内容の事柄や事象を理論や理屈ではなく、言葉を添えて宝物をいたわるように手で触れ、色や香を味わう手法を取っている。五感を開いて柔らかな感受性を大切にしている。世間で起こる「時事」の事象、事物に寄り添いながら独自に感受したことを、散文の批評スタイルで言葉にしている。書評の方法をもって、「詩ではなく、詩の形をした文学作品」を目指しているようである。

詩集『渡世』(筑摩書房、一九九七年)の冒頭の詩「雀の毛布」は、彼の独特な「詩の形をした文学作品」の特質をよく表している。この一編の詩は百六九行に及ぶので全行を引用することは難しい。大筋は、詩かエッセイかも曖昧なまま、フィクションとノンフィクション、娯楽と純文学の区別もないままの「ボーダレス時代」に、幻としての文壇・詩壇の効能を滑稽にしかも深く問うことで、小説や詩の現状を危ぶむ「批評詩」になっている。取りあえず、十一連から十三連までを引用する。

泣かなくてはならない
不都合を背負うのだ
昔ぼくは「壇」に見放された無名文士を品川区にたずねたら
保育園のなかに暮らしていた
おれは佐藤春夫の「なになに」（題は忘れた）という作品を書いた　のだ
ほんとうだよ、
と言った

「ほんとうだよ」
子供のように泣いていた
雀が毛布にくるまるように
「壇」は丹羽文雄をさかいに
そのあとのあたりから消えた
あとはどの作家も同じである
文章のつくりだす景色を「世界」などといいはじめたからだ
「壇」は消えていく
雀の毛布のように
かぜに飛ばされて

ある人は言う
若いころは文壇のはずれにいてもいい
しかしある年齢を過ぎたら
文壇のまんなかにいるようにしなくてはならない
「そういうものだよ」
文壇は実は
作家たちの人間性と、作品の修養の場、教育の機関でもあった　のだと
「壇」にはきびしさがあった
詩は詩を
小説は小説を白線でかこい
言葉や手法が磨かれた
表現力を鍛えるには思いきり狭い空間が必要なのだ
でないとすべてがそぞろで　あいまいになる
（「雀の毛布」十一〜十三連）

先にあげた詩は、一般的な意味での「詩」からは異質な印象を受ける。これまでの抒情詩の美学でも、思想詩の冴えわたる論理の魅惑でもない。また、漫画・アニメ風の虚構のファンタジーとも違っている。それは、激動する時代の大規模な変化とともに詩・文学の「リアル」の意味が大きく変質していることと無関係ではないだろう。そのことについて、七十年代までの詩・小説の近代文学の特徴である「自然主義的リアリズム」と区別して、「まんがアニメ的リアリズム」という興味深い概念を持ちこんだ評論家・大塚英志の論※は目を見張るものがある。その評論に先駆的な意味と価値を見出した批評家で哲学者が東浩紀である。彼は、著書『動物化するポストモダン』(講談社現代新書、二〇〇一年)や『ゲーム的リアリズムの誕生　動物化するポストモダン2』(同上、二〇〇七年)の中で、一九九〇年代以降の混沌としたポストモダンのリアルの状況を大塚の評論を参照に次のように論じている。

近代文学の「自然主義リアリズム」は、「現実の写生」を前提にし、ライトノベルは、アニメやコミックという世界の中に存在する「虚構」を「写生」する点に特徴が見られると。また大まかに言えば、「現実の写生」には「私」は存在するが、「虚構の写生」には「私」が存在しない。在るのは架空のキャラクターである。「現実の写生」と「虚構の写生」という対置を、「自然主義的リアリズム」と「まんがアニメ的リアリズム」という言葉で大塚は表現していると、東浩紀は解説している。

ただ、先に引用した詩「雀の毛布」は、そのどちらにも当てはまらないだろう。単なる「現実の写生」でもないし、漫画・アニメを下地にした「虚構の写生」とも呼びにくいものがある。とりわけ近代文学の自然主義の「現実の写生」と考えれば、描写の起点となる「私」が存在することになる。が、この詩の中には、逆に「私」を脱皮する試みも見られる。顔を突き合わせる集合体としての「世間」が掴み取った「現実」には、「私」だけでなく複合的で多重な他者の声が混ざりあっているからである。またその「現実」には、世間という集合体の幻想が含まれている。漫画・アニメとは別の「虚構」がある。

その意味で、詩集『渡世』に収められている詩は、これまでの詩が有した音韻やイメージに、テーマを探る純文学というより、世間で話題にしがちな週刊誌の「よもやま話」の相貌を持つ文学作品と言ったほうが分かりやすい。ともかく新しい詩のスタイルであることは確かである。「世間」の窓から見た「詩壇」や「文壇」の、いわば幻想と実効とのコミカルな論議の可笑しさや哀しみをテーマにしている。実際、文壇の幻想を厳しく説くインテリたちも、酒席の世間話で幻想の花を咲かせることもあるだろう。そこには、引用された詩のように「壇」に見放された無名文士の保育園暮らしの憐れさに近いものを味わうこともあるかもしれない。また、「壇」を作品の修養の場として論を説く御仁も確かにいる。それは、虚実の「虚」である幻想が、人々に影響をあたえているという証しでもある。現代では、「文壇」、「詩壇」の役割は、ラジオ、テレビ、新聞、雑誌、出版社、SNSなどマスメディアが担っている。

この詩のテーマがあるとすれば、「ボーダレス時代」のなかで緩んで消失してしまった文学の領域を、詩の形式で示すことで、詩の「周辺」にある曖昧さやズレや歪みを浮き上がらせることだろう。荒川はこの方法をもって、これまでの日本の「私」本位の詩の領域を拡張させたことは間違いない。「世間」の目をとおして、時事を捉えた社会の独特な姿が、詩の形式で展開されている。ここには、いわゆる花鳥風月の鮮やかなイメージも、雅な音韻もない。結果として、彼の方法は、ある意味、日本の伝統的な詩のデトックス（解毒）の作用としても働いているかもしれない。

次に、詩集の題名と同じ詩「渡世」に触れてみたい。この詩も百行を越えるのでその一部を引用する。

そんなとき
言葉は輝く
お尻にさわる　は
その力なさにおいて
輝く
日本が
残していい言葉だ
（それがあまりにも
　身の近くにあることが
　　結露をそこねるとしても

ぼくは子供のころ
言葉の前にたったとき
葉鞘のひと揺れ
土のひとくれ
人のよすみに

詩がある、それをつかめる
と感じた
だがそれはあくまで詩のようなもの
であり
詩ではない

別のものだ
詩は一編のかたちをした
文字の現実のつらなりのなかにしか存在しない
つらいが
頬をつねりたいが
そういう
ことだ
さまざまなものをかけあわせた
詩のようなものが
街路にあふれ
人の心に夜露のようにきらめいても
それは別ものだ
文字にできなければ棒切れなのだ
（ああ　なんてあたりまえのあめあられよ！）
詩は一編の詩のなかにある
それがみすぼらしい結果をさらしても
詩は文字のなかで点滅し殲滅する
遺体は涙でぬらす
水がいつまでもぬれているように

（「渡世」　四〜六連）

卑近な〈お尻にさわる〉という言葉を取り上げながら、自らの詩論を語っている。その際、一般的な文芸評論というアカデミックで論文風のスタイルを取っていない。子ども時代の言葉に向き合う体験をベースに、詩の形式を借りて批評という散文を綴っている。「詩の形をした文学作品」ともいえる作法だろう。

荒川がいう、葉鞘や土くれや人のよすみに感受したものは、〈詩のようなもの〉であり、〈詩ではない／別のものだ〉と。〈詩は、一編のかたちをした／文字の現実のつらなりのなかにしか存在しない〉と経験にもとづく確信に近い響きで語っている。事物や自然から発生する妄想や想像は詩のようなものであり詩ではない、別ものである。文字で表記されてはじめて詩になると。当たり前のことのように思えるが、言われてはっと気づくものがある。いわば詩論を、詩の形式を借りて「作品」にしている。ありそうに見えるが、意識化、方法化されて書かれたものは極めて稀である。繰り返し述べるが、彼は、この方法を以て、自身の詩だけではなく、これまでの日本の「私」本位の詩の領域を拡張し、新たな「詩の文体」を創造している。

「社会＝時事」に向うとは、顔を突き合わせる世間で彼が摑み取った身体性のある「現実」を拠りどころにしていることと、同義である。

詩集『渡世』に収められた詩には、取り上げた二つの作品の他に、「『空』と『恥』」、「ほおずき」、「赤くなるまで」、「最終案内」など、言葉や、詩・文学をテーマにしたものが多い。言葉を深く掘り下げることで生まれる、新たな詩に挑む熱情が伝わってくる。

また、「VのK点」のような作品もある。多面的で巧みな構成になっている。テーマに即して書き綴った結果であろう。詩の冒頭は次のように始まる。

白い散策である
足取りも軽やかな
移動である
うっとうしい民族の
ボランティアは美しい

スキー選手は
これ以上跳べば危険な
赤いK点を
それが当然のことのように
跳び越える
ボランティアの人たちもまた
K点を越えていく

不眠のまま勝利と誇りに燃えて
前人未到の
カメラのなかの
K点を

郷里・三国の
安島《あんとう》地区にロシアの「脂肪の塊」が流れついた
東京からぼくはふるさとの脂肪を見に行った
光景の敷居は
高ければ高いほど
首をちぢめた大根は
空を跳ぶのだ

（「VのK点」一～三連）

詩「VのK点」の冒頭から三連までを引用した。この作品は、平成九（一九九七）年一月二日未明、島根県隠岐島沖の日本海で発生したナホトカ号重油流出事故を素材にしている。荒天の中、ロシア船籍のタンカーが、船体亀裂、浸水によって漂流し、作家の郷里の福井県三国町の海岸に流れ着いた重油によって、広範囲に被害が及んだ出来事である。それを契機に注目を浴びたボランティアの献身的な活動と課題を、多角的な観点から見つめることがテーマになっている。

厳冬期の荒れる海岸での重油の回収作業は過酷を極め、地元住民やボランティアの数名が過労で亡くなっている。「ボランティア活動には危険もつきまとう」という現実も「世間」に知られるようになった。漂着し、海岸一体を汚染した重油から、フランスの作家・モーパッサンの短編小説「脂肪の塊」を連想し、「自己犠牲や偽善」のテーマと重ねながら奥行きのある立体的な作品に仕立てている。また、ボランティアの危険度をスキージャンプ選手の赤い「K点越え」とダブらせながら多層的な内容構成にしている。

　作品の中心に「脂肪の塊」である「重油」流出による未曾有の災害を置き、その回収作業に関わる、全国からのボランティアや地域住民の様子や思いを描いている。さらに、マスコミや、東京からふるさとの「脂肪」を見に帰った「ぼく」の事故との絡みを伝えている。こうして、ボランティアという詩では扱いにくいテーマを、「詩の形」を取りながらユニークで厚みのあるものにしている。散文としての記述ではなく、「世間」の窓から捉えた身体性を添えた光景を浮かび上がらせている。

　荒川は、ボランティアを単に美化した物語の中に閉じ込めることはしない。それぞれの関係のなかで変化するボランティアの意味合いや地元住民との思いのズレのなかに「世間」のいうリアルを見ようとしている。作品のスタイルも、通常の連ではボランティアの思いやその様子を描き、二字下げた連では危険度越えのK点や地域住民の受け止め方、三国がふるさとである「ぼく」の体験が記されている。対比すると分かりやすいので、第十連と十一連を合わせて引用する。

Vの人たちはおおぜいこの町に来た
大学生は冬休み
異なる地域や世代と対話ができ
人と人とのつながりが生まれた
教室では学べないことだ、という
生きがいをみつけたおとなたちもおおぜいいた
かくしもつ酒瓶は風のなかに沈められた
Vはすべてにおいて美しさを残す
「がらめきの水」を
抜き取りながら

　　人間は生きるが死ぬものだ
　　ここらあたりの人たちは
　　区民館を葬式でつかう
　　Vの人たちはいつまでも
　　近在の区民館のすべてを美徳の宿所にしていた

「早く
帰ってほしい。
いつもの生活に戻りたい」と思っても
言葉にはならない
地方紙のおがくずだけがそれを伝える
首をちぢめながら
おおきな「感謝」の文字のかたすみに

（「VのK点」十〜十一連）

十連では、異なる地域の人々との対話やつながりをとおして、生きがいの発見につながるボランティアの意義や美徳が語られている。かくしもつ酒瓶をほおって海に沈める行為はあるにしても。それに対して、十一連では、地元住民の生活の場の不便さや困惑が語られている。葬儀の場でもある区民会館がボランティアの宿所として利用されていることへの不満である。実際、美徳の行為者・ボランティアに、感謝の意を伝えこそすれ、困惑を口にすることは難しいだろう。地方紙の片隅に遠慮がちに触れるくらいである。

ここには、海岸に流れ着いた重油の回収作業をとおして、複眼の視点から、ボランティアの美徳への受けとめが述べられている。散文による記述ではなく、詩のスタイルを持った作品として描かれている。ボランティアの「美徳」を多面的に捉えることで、「世間」から見た自己犠牲の精神や、利己主義、偽善の実相が伝わってくる。おそらくこの詩のテーマは、「私」を起点とした抒情詩の器からは、零れ落ちてしまう人間社会の利己的な世界の闇を曝け出すことだろう。その地点で、モーパッサンの「脂肪の塊」の主題と通じ合うものがある。

ただ「私」を離れ、他者の視点をいくつか挿入することで獲得できた作品が、「詩」として成立するのかどうかの危うい均衡の上にあることも確かである。

詩「渡世」は、ボランティアのK点越えであるだけでなく、作者の詩のK点越えのリスクを孕んだ果敢な挑戦でもあるだろう。

（敬称略）

※大塚英志著『物語の体操』（朝日新聞社、二〇〇〇年）、『キャラクター小説の作り方』（講談社現代新書、二〇〇三年）を参照。

近代文学をアップデートする ④

中島敦「わが西遊記」（二）

池上貴子

「とんでもなくおもしろい」秘密を探る

小説『鴨川ホルモー』（二〇〇六年四月、産業編集センター）、『鹿男あをによし』（二〇〇七年四月、幻冬舎）で知られる直木賞作家の万城目学が、学生時代に「現代文のテストにとんでもなくおもしろい文章が出題された」と衝撃を受けたエピソードを語っている[1]。「こんな文章を書ける作家になりたい」と、万城目に小説家になることを決意させたその作品とは、中島敦の「悟浄歎異」だった。やがて万城目はその作品が「悟浄出世」を含む「わが西遊記」シリーズの一作であることを知る。（両作の末尾には「『わが西遊記』の中」と記されている。）

中国の古典作品である『西遊記』で有名な登場人物と言えば、経文を受け取りに天竺（インド）を目指す三蔵法師と、元妖怪の弟子である猿の孫悟空、豚の猪八戒、水怪《すいかい》の沙悟浄だろう。彼らは徳の高い師（三蔵）を狙う様々な妖怪達とバトルをしていく。漢文学に精通していた中島敦は、この不可思議な一行の旅物語に触発され、やがて沙悟浄を視点人物に据えた小説二編を執筆した。

「悟浄歎異」は、三蔵法師の弟子となった沙悟浄が、悟空や八戒そして師である三蔵を驚嘆と憧れをもって観察する作品であり、「悟浄出世」は三蔵たちに出会う前の沙悟浄の話で、自分と自分を取り巻く世界に対して鬱屈し、答えを求めて様々な思想家や哲学者たちの門戸を巡る作品だ。

周知の通り、中島敦は三十三歳で早逝した作家である。晩年に発表された「わが西遊記」も続編が書かれることはなかった。しかし、万城目は未完に終わったこの中島版『西遊記』の続編を「心から渇望」し、ついには「永遠に読めないあの話の続き」として二〇一四（平成二十六）年七月に『悟浄出立』（新潮社）という続編的作品を再創作したのである[2]。この万城目学が語った「悟浄出立」の創作秘話は、中島敦の「わが西遊記」シリーズが、現代の読者にも支持される高いポテンシャルがあることを証明している。

従来の研究において、「悟浄歎異」（以下「歎異」）と「悟浄出世」（以下「出世」）の両作は、中島敦という作家の実人生や、時代背景（特に第二次世界大戦の影響）とともに詳細に分析されることで、数多くの作品解釈が提出されてきた。たとえば山下真史[3]は、「出世」の文脈に谷崎潤一郎の『母を恋うる記』を重ね、「母恋い物語としての『わが西遊記』」と解釈した。また「歎異」については「戦記文学」にみる兵士の表現に共通項を見出し、悟浄もまた純粋な「行動」によって自意識の克服を試みたと考察する。いずれも大胆な解釈といえるが、この読みはどうしても限定されたものにみえる。なぜなら、幼少期より生母と疎遠だった中島敦の家庭環境や、第二次世界大戦時のイデオロギーといった時代背景への理解なくして到達しえない解釈だからだ。

奇しくも小説家の万城目が、作家名すら書かれていないテストの「切り取られた文章」でさえも、「とんでもなくおもしろい」と魅せられたように、現代にも通用する開かれた近代文学として「わが西遊記」を再発見したいなら、従来の研究とは違ったアプローチを試みてもいいのではないか。中島敦という作家を知らずとも、当時の時代状況を知らずとも、それら情報を越えて読み手の心をつかむ作品自体の可能性にいま一度目を戻してみたい。

キャラクター化と〈萌え〉でみる「わが西遊記」

中島敦の作品の多くは漢文学を原典とし、語彙の難解さは確かにあるが、今も教科書や副読本に採択され、その読書体験が若い世代の心象と記憶に残り続けている。そのことを間接的に証明しているのは、大人気のコミックス『文豪ストレイドッグス』（二〇一三年一月、ＫＡＤＯＫＡＷＡ）の主人公が、漱石でも太宰でも芥川でもなく、「中島敦」であることだ。理由の一端は、若年層による中島作品の消費のされ方にあるだろう。あえて現代風に言えば、中島の作品はキャラクターの働きやキャラクター同士の関係性をテクストから深く読み取り、耽溺することができる。いわば「萌え」られるのだ[4]。

ここで中島作品の登場人物をあえて「キャラクター」と表現したのは、作品をライトなものだと軽視したわけではない[5]。キャラクターとは、完全なオリジナルの表象として発現するものではなく、当時の文化のパロディやオマージュ等々いわば時代のエートスによって「キャラクター化」するものだ。つまり時代の要請を受けて「萌え」、愛でられるものの総称といえる。その意味で、文学において、登場人物達が時代ごとにキャラクター化され、現代においても様々なメディア媒体で二次創作（再創作）され続ける作品は、『西遊記』をおいてほかにないだろう。そして面白いのは、『西遊記』自体もまた、その成立に別の原典を持つ、いわば二次創作的な作品であることだ。

『西遊記』の原典は『大唐西域記』という地誌とされている。唐代の僧である玄奘三蔵が天竺まで経典を求めて行った旅の記録である。客観的事実を記録したはずのこの書物は、時代を下るごとに伝説や逸話を取り込みながら、南宋や元の時代に講談や雑劇で発展していった。そして明代において、神仙思想や妖怪という要素を盛り込んだ怪異小説として再構築されたのが『西遊記』だった。（ちなみに作者は不詳。呉承恩との説があるが信憑性は低いとされる）。つまり『西遊記』は、「天竺までの旅の記録」というテクストに触発された各時代の人々により進化していった二次創作（再創作）であり、かつキャラクター小説の先駆けであったと考えていいだろう。その固い地盤があるがゆえに、『西遊記』の登場人物を使った更なる二次創作や、キャラクター化が現代も続いている。

余談になるが、陳曦子と陳訪澤による調査(6)では、中国大陸・香港・台湾における『西遊記』の再創作は、漫画では一九四〇年代から二〇一九年までに十四作品、映画アニメでは二十三作品、テレビアニメは十七作品の合計四十作品が放映されているそうだ。日本では一九五〇年代から二〇一九年まで、漫画の再創作は四十作品、映画アニメは六作品、テレビアニメは九作品の合計十五作品が放映されたとのこと。ちなみに、特徴として中国の再創作は原作に忠実な傾向があり、日本の再創作は完訳本が無かったためもあり、「忠実の度合いが非常に低」く、オリジナル色の強い内容となっているという。

以上のように、現代まで連綿と続いてきた『西遊記』の再創作だが、注目すべきは、殆どすべての作品において、つねに物語の中心は猿の大妖怪「孫悟空」の活躍であり、悟空中心のこのセオリーは動いていない点である。実写ドラマ「西遊記」（一九七八年、日本テレビ）で堺正章演じる豪快で闊達な孫悟空や、『ドラゴンボール』の主人公「孫悟空」が発揮する破格の強さはその好例といえるだろう。近年では、二〇二四年八月に本場の中国で制作され複数のゲーム・オブ・ザ・イヤーを獲得した『黒神話：悟空』（Game Science Interactive Technology）もまた、如意棒《にょいぼう》をもった猿（天明人）となり、消えた悟空の足跡を辿るアクションゲームだった。

この傾向からも、『西遊記』という世界への支持は、ひとえに「孫悟空」という強者のキャラクターが持つ圧倒的なヒーロー性が支えてきたといっても過言ではない。確かに、ファンタジーであれば、ヒーローの大活躍を自らに重ねて「俺ｔｕｅｅｅ」と自己満足の大団円で終わったとしても、（作品の質は問われるものの）物語として成立するだろう。しかし、文学の領域において考える時、作品に潜在する難問が手付かずで残ってしまうのが惜しい。それは、〈悟空になれない《私》〉の始末の問題だ。

　この文学的テーマに気づき、そのキャラクター小説としての可能性をいち早く摑みながらも、あえて悟空中心に展開する物語のセオリーに背を向けた作家が、中島敦だった。中島は、原作において最も影の薄い三蔵一行のメンバーである水怪「沙悟浄」を視点人物に抜擢し、〈悟空になれない《私》を持て余す私〉という内的葛藤をさせることで、「わが西遊記」という〈私だけの『西遊記』〉に耽溺した。かつての万城目学のように、中島自身が『西遊記』の文脈に〈萌え〉たのだといえる。そして、この中島が施した特殊な設定は、〈悟空になれない《私》〉である殆どの読者たちに共感的なペーソスを与えるものとなっている。この読者に内的に迫る波及効果が、歴代の『西遊記』再創作群から「わが西遊記」が傑出する理由でもあるだろう。

　また、本作が極めて現代的な要素をもっているのは、沙悟浄を視点人物とした斬新な構成だけではなく、何よりその沙悟浄のキャラクター設定にある。たとえば、原典『西遊記』に描かれる沙悟浄には、孫悟空や猪八戒に比べると際立った個性がない。悟空に「おぬしは善人だ」と信頼される温和な人物として設定されており、その人格設定から大きく外れるエピソードは見当たらない。

　しかし、中島版の沙悟浄は、「渠《かれ》ばかり心弱きはなかった」と語られるほどに繊細かつ内向的な人物として設定されている。詳しくは次回から考察する「悟浄出世」論で踏み込んでいくが、孫悟空のような「ヒーロー」とは真逆の、光が当たらないと自負する存在である。事あるごとに答えの出ない「なぜ」を繰り返しては煩悶する、いわば思弁の化物となって彷徨い続ける。

　この章の冒頭で、キャラクターとは「時代の要請を受けて『萌え』、愛でられるものの総称」と定義したが、内的な暗闇に陥っている沙悟浄の表象は、現代人の誰もがどこか共感し自分と重ねるキャラクターとして十分な魅力をもって読み手に受け止められたといっていいだろう。

「『出世』が先か『歎異』が先か問題」を越える

　「わが西遊記」を読む準備として、二つの作品にまつわる、やや複雑な成立事情について踏まえておきたい。なお作品の発表に関しては、一九四二（昭和十七）年十一月十五日、中島生存中の最後の単行本『南島譚』（問題社）に両作ともに収録されている。問題とされたのは、それぞれの作品が、いつの段階で構想され、執筆され、完成されたかである。

　「歎異」の執筆時期については、その原稿の末尾に「一九三九年一月」と記されていることから、おおよその執筆時期だと考えられよう。その後、中島は一九四一年七月から翌年三月まで国語教科書編纂の官吏としてパラオ島（南洋）に赴任していたことから、「出世」は帰国後の一九四二年六月に完成したと推定される。しかし、先述したように「歎異」の内容は三蔵法師一行に合流した後の話であり、「出世」は三蔵に出逢い仏門に入る（出世する）前の前日譚ということで、物語の時系列が作品成立と逆となっていることがわかる。さらに、「出世」の草稿および定稿は散逸しており、加えて、「歎異」に記された脱稿日が赤色の二重線で消されていたことから、成立時期について諸説生む事態となった。

今回は成立事情に踏み込むことは避けるが、先行研究を精査しつつノートや手帳の記述を詳細に分析した杉岡歩美(7)の論考には多くの気づきを得ることができた。杉岡は慎重に断定を避けつつも、結論として「『悟浄歎異』草稿は南洋行前に完成し、『悟浄歎異』定稿は南洋行後に書かれた」と推定する。一方「出世」の草稿は「歎異」より先ではなく、「〈南洋行〉中あるいは後に『悟浄出世』は書かれたのだろう」とのことだ。

実際、中島は一九四一年五月八日の田中西二郎宛書簡で、「わが西遊記」と思われる作品の構想について、「僕のファウストにする意気込なり。」と書き送っている。この「ファウスト」という設定は当然ゲーテの『ファウスト』(8)を示すものであり、自分がこれから書こうとする作品の方向性と視点人物の傾向とを明らかにしている。すなわち、三蔵に出逢うまでの長く鬱屈した哲学的遍歴を描いた「出世」に重なるものであり、「出世」の執筆時期として杉岡の分析は妥当だといえよう。

成立順は以上の通りだが、両作品は完成して一つの単行本に収められるまでに、「出世」の構想時期と「歎異」の執筆時期がクロスする部分があることがわかった。しかし最も興味深いのは、中島が単行本『南島譚』の収録順を、先に「悟浄出世」、続いて「悟浄歎異」とした意図だ。作家側の着想や草稿時期がどうであれ、両作を完成した段階で、作者は読み手に「出世」、「歎異」の順で読んでほしいと願った。これには意味がある。読み手に「わが西遊記」の全容が最も摑み取れるよう効果を狙ったためだ。「歎異」をまとめながら、彷徨い歩く「出世」の悟浄を作者が構想していたとすれば、両作はその読みにおいて、互いに干渉し合う性質の作品だといえよう(9)。

したがって、次回から始める「わが西遊記」の作品考察においても、作者の意図を汲みつつ、内容の時系列に沿った「出世」、「歎異」の順で読んでいくことにする。（続く）

注

（1）万城目学『悟浄出立』文庫本の序（新潮社、二〇一七年一月）

（2）「悟浄出立」では、中島に書かれるはずだった（と万城目が推測する）猪八戒のエピソードを中心としている。

（3）山下真史『中島敦とその時代』（双文社出版、二〇〇九年十二月）

（4）教科書に収録された「山月記」（一九六九年九月）を例に挙げれば、虎になってなお自意識に苦しめられ、切々と友に訴える李徴と、その悲しみを受け止めて虎と化した友に寄り添う袁傪との邂逅と別れにカタルシスとしての「萌え」を味わう読者は多いだろう。

（5）ポストモダンが定着した今、「ライト」が低評価を示す時代ではなくなっていることも付言しておく。

（6）陳曦子・陳訪澤「中国と日本における『西遊記』の再創作について—漫画とアニメの分野を中心に—」（『日本言語文化研究』四号、アジア日本言語文化研究会、二〇二一年四月）

（7）杉岡歩美「『悟浄歎異』『悟浄出世』考：中島敦と〈南洋行〉」（『同志社国文学』六十号、同志社大学国文学会、二〇〇三年三月）

（8）ゲーテ『ファウスト』（第一部は一八〇八年発行、第二部は一九三二年発行）

（9）他にも深田久彌宛書簡には、「南洋に行く前に書上げようと思つて、西遊記（孫悟空や八戒の出てくる）を始めていますが、一向にはかどりません。ファウストやツァラトゥストラなど、余り立派すぎる見本が目の前にあるので、却つて巧く行きません。」と書き送っている。やはり実際に旅をする登場人物の魂の遍歴を哲学的な視点で作品化した両作は、明らかに「出世」に類似する。

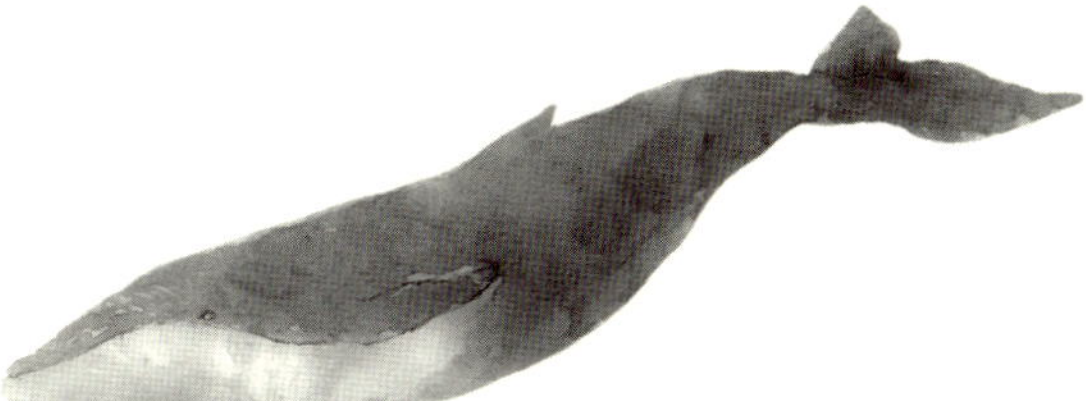

「赤毛のアン」遠くて近い他者

魚本藤子

英語では自分のことは、アルファベットの大文字Iで表す。これはきわめて象徴的な文字ではないだろうか。文章の最初以外は小文字になるというルールを破って、このIはどこでも大文字で表記される。特別待遇なのだ。人は言葉によって意志を表すので、言葉の有り様や選択に、考え方が反映される。英語を母語として使う人々は、無意識的に自分を一番大切に思う個人主義が強くなるのではないだろうか。一方、英語では、三人称は、人はhe.she.物はitによって表される。三人称は遠くて曖昧模糊とした存在である。ここにいないか、いても遠い人や物だ。かなりどうでもいい感じで、三人称の複数は、人も物も同じtheyで表される。人も物も遠くなれば、同じ扱いになるのだ。けれど自分のIは特別感にみちている。視覚的に見ても、英語のIは、屹立した一本の木のように孤独で毅然として見える。一方日本語の場合は、一人称の表現は、「私」「我」「わたくし」「あたし」「俺」「吾輩」「吾」または「こちら」と方向で表す場合もあり、相手との関係でさまざまに変化して多彩である。その上省略されることが多く、私の存在は曖昧だ。英語の場合、相手との関係に配慮することなく、どんな場合もIで表される。「私はここにいます」と表明しているような存在感溢れる言葉である。「赤毛のアン」では、この主語の使い方に、アンの想いと配慮がよくでているように思う。

主人公アンは、孤児院にいたところ、マリラとマシュウの兄妹に引き取られることになる。いきなり見ず知らずの他者の中で生きていかなければならなくなる。

初対面の場面で、アンが持っていたかばんを、マシュウが持ってあげようと手を差し出すと、アンは次のように言う。

"Oh, I can carry it," the child responded cheerfully. "It isn't heavy. I've got all my worldly goods in it, but it isn't heavy. And if it isn't carried in just a certain way the handle pulls out-so I'd better keep it because I know the exact knack of it. It's anextremely old carpet bag.〟「この中には、あたしの全財産がはいっているんですけれど、重くはないの。それに、特別のさげ方をしないと柄がはずれてしまうのよ。だからあたしが持ったほうがいいんです。そのこつを知っていますから」

下線部の〝I can carry it.〟〝It isn't heavy.〟ということが相手に伝えたいことで、それだけを言えば、聞き手は了承するだろう。主語のIの多用は、わかりやすい反面、反発も受けたりする。その後の、かばんがとても古いもので、持ち方のコツを知らなければ、取っ手が取れてしまうという情報で、聞き手の心情を傷つけることなく納得される。この時アンは〝It isn't heavy.〟「重くはないんです」と二度繰り返している。マシュウの親切をさりげなく遠慮するアンの言葉に心を打たれる。アンの全財産は、古い小さなかばんと、この相手への気遣いにみちた豊かな言葉だった。目の前の二人称である他者への配慮は、平和な関係を築くのに欠かせない。一人称と二人称の関係は、遠い三人称にも影響する。

アンとマシュウは無口と饒舌という相反する性格ながら、心が繋がっていく。アンとマシュウのように初対面ですぐに親愛の情が持てる場合もあれば、そうでない場合もある。マリラとの関係は後者で、少し難しく紆余曲折を経て、信頼関係が築かれていく。信頼関係の構築に言葉は欠かせない。言葉は他者がいることで、発展し磨かれてきた。アンの言葉も、さまざまな経験を経て、変化してゆく。アンにとって、初めは遠い三人称だったマシュウもマリラもリンド夫人も、かけがえのない存在になっていくのである。本当の人生は、複雑に入り組んでついに分かり合えない関係もある。けれどあくまで物語の楽しさだ。このシンプルで明快な人と人の繋がりに、ひととき癒される。

（文中日本語訳はすべて、村岡花子訳による）

道

那須　香

沙悟浄や猪八戒は親戚だった
三蔵法師をお守りしながら
シルクロードを歩いた
黄色い砂漠もあれば
岩だらけの山も越えた
雲に乗れる孫悟空が羨ましかった
強くなりたくて
高いところから飛び降りてみたり
セイタカアワダチソウの枯れた枝を
振り回したりして鍛錬した
金色に輝く落陽を眺め
あそこに辿り着けば
幸福の絶頂と人生の終わりがあると
うっすらと信じていた

物悲しくも明るい歌が流れ
おしまいの日はまだ来ない
祖父母の静かな眼差しの中で
黄金に染まった雲を見詰めながら
大切な人を守り
仲間と助け合い
異国の世界で逞しく生きた

緑の王国に戻って来て
あの頃より不穏な毎日が続いている
正義は勝たず　悪は秘かに蔓延り
ぬかるんだ日常は鼠色の雲

沙悟浄と猪八戒を背後に感じながら
空を見上げてみる

今　何処を　旅している

閉じていく

模土　靭

あるいは死に方
絶望だったのだろうか
虚空をみつめ横たわっていた
死をまとうひと
枯れ木としか呼べない静けさで
惜しまれることなく

すでに見えもしない後ろを
振り返り
振り返りながら
戻ることも繕うこともできず
季節の移ろいをかぞえて
逝く人よ

あるいは生き方
一世紀を充分に生きたと
涙もなく盛大に見送られる人がある一方で

スカラベは生命を回す
ザトウクジラはながい詩をうたう
持って生まれたそれぞれの役割を紡ぎながら
日々刻々生まれては死んでいく膨大な細胞たちも
この星に鏤められた刹那の煌めきにすぎず
その星も生まれては消えてゆく
限りないはじまりの連なり
めぐる生命の

自らを楽しませず生きるにはここは過酷だ
戦争や災害に遭うことはなかったが嵐は常にその裡にあって
傷の帳尻を合わせようともがいていた

あるいはまた別の生き方
去っていった背中のひとつひとつを捲る日々に
より善く生きることができなかったと

多くの悔いをかぞえなおす
背を向けた人々はアルバムを日常に埋もれてさせて
あなたを忘れる

犬もクジラもハチドリもアリも
個のひとつひとつが物語だ
一冊の書物だ
喰らい喰らわれ物語はまわっていく
存在するだけで周囲を害するのが我々の宿命だろう?
善だけで生きるなど妄想でしかない
強欲私利私欲が解き放たれた地に
捻じ曲げられた正義が闊歩する時代は
生傷のような無邪気さで
無防備なひとを打ち据え跪かせ俯かせる
この宙のこのほしの束の間に
喜びのときもあったのに

ああしかしいま
静けさの中で独り逝くひとよ

受け取ったもの
与えることのできなかったもの
失った希望を連れて頁が閉じられる

父の娘

山口賀代子

中学生のころ、
父が蒼い顔をしてかえってきた
「今夜は飯はいらない」といいそのまま寝てしまったが
数日後
「鉄道の飛び込み自殺だけはどんなに興味があっても
絶対に見に行くものではないぞ」
と厳しい口調で言った

鉄道事故のあと始末は
鉄道の人がバケツと火箸をもって
線路に貼りついた
ちぎれた肉片を回収してまわるのだという
ちぎれた手や足の肉片なんて

拾いたくないなぁ〜
バケツと火箸をもってちぎれた肉片をさがすひとは辛いだろうなぁ〜
反吐がでそうになるだろうなぁ〜
こまぎれ肉になったひとは
他人に迷惑をかけるなんて
おもってもいなかったろうな
そんな余裕があったら
（線路に）
　飛び込んだりしない

とはいえ
父は見にいったのだ
酔狂な
その父に　わたしは
似ている

夏草　他一篇

魚本藤子

一面に
（ぼうぼう）という言葉が茂っている
（荒廃）とか（野ざらし）という言葉も
ところどころで揺れている
向こうの方で
茫然とつっ立っているのは（無残）だ

（懸命に）とか（せつせつに）はひっそりとした
影を作っている
（何があっても）
（絶対にあきらめずに）
胸の奥からこみあげてくるのは
その強い気付け薬のような匂いだ

それらは

記憶になる前のざわめきなのだが
なにもかもおおいつくす勢いだけは
潤沢に持っている
そうして
昨日を埋め尽くす
あっという間に
正しいと思っていたことが
簡単に崩れる

忘れてしまへ
と
夏草はいふ
たんたんと空に向かって伸びているだけだ
どこか遠い透き通った風が吹いていて
苦難の跡はどこにもない

ふっと　どこかで
書き間違えたのかもしれないと思う

和太郎

友だちは犬を一匹、飼っている。茶色い毛の色をした雑種で、初めてその犬と会った時、猛烈に全身全霊で吠えたので驚いた。先日、久しぶりに友だちの家に行くと、その犬が庭に繋がれていた。行儀よく座って、坂道を登って来る私をじっと見ていた。私はまたひどく吠えられるのではないかと、びくびくしていた。けれど犬は吠えないでしんと黙って座っていた。私のことを覚えていたのかもしれない。友だちと犬のことはすっかり忘れて、夢中でお喋りした。帰る時見ると、犬はまだ居ずまいをただして、ひたと私の方を見ていた。その犬の名前が和太郎だと友だちが教えてくれた。どこかりりしい若武者のような名前だ。泰然として、敵が来たら迷わず立ち向かう勇気を秘めているようだ。どんな時も微塵も油断してはならない。今は遠くなった武士道がそこに生きている。

つまらない詩への道順の推敲

松本秀文

某月某日
いまがいつなのか、わからない。

里穂「ぜんぶ忘れてください」
僕「了解です！」
煮魚が美味しい居酒屋「冥府《フクスケ》」
心をうしなつたブリをたべつ、

某月某日
耳毛鼻哉《みみげはなや》の第三詩集『明日死《あしたです》』（死相社）が届く。
「あとがき」には、「この詩集が世間に評価されなければ、潔く死ぬ」とある。
作者は、既に死んだのだろうか（笑）
サッポロ一番の塩ラーメンをつくる。
白菜も高くなったなぁ。

百円の快楽がふくらむ古書店で
自己愛が一冊の本を貫いてゐる
僕「こんな眺めはいいなァ」
百年がかろやかに通り過ぎゆく

某月某日
曇り。

博多《はかた》黒猫《こくびやう》の評論集『南原薄情《なんばらはくじやう》論』（没落書店）再読。

とりわけ、薄情《はくじやう》の長篇詩「婢《ひ》と婢《ひ》と」の分析箇所が面白い。

その章には、ある詩人の「泥のようなリアリティの、望みなき時間を細かく区切って、過去や未来を切り離し、「現在」という謎めいた時刻を露出させたいと思う」という一節が引用されている。

僕は、「現在」というものに触れている気がしない。

そんなもの、ほんとにあるのかよ。

恋の外傷《トラウマ》や肉親の病気や死など
切実な感情は詩を容易くころす
「あゝ」の感嘆からはじまって
結語《フィナーレ》にて心地よい汁を出すのみ

某月某日
詩を書く。

集中がつづかない。

「Last Days　坂本龍一 最期の日々」を視聴。

以前、坂本が書いた「自分自身が引用の織物である（当たり前だ）一個の音楽の記憶装置と化すこと！」というメモの
存在を思い出す。

死者たちは、とても元気である。

南原《なんばら》薄情《はくじやう》と一膳メシ屋へ向かふ
クロメ汁をいやらしく吸ふ薄情《はくじやう》
このひとは話なぞ聞いてゐない
百年がかろやかに通り過ぎゆく

某月某日
いつも散歩する道で、新鮮な生首を見つけた。
それは、私によく似ていた。
その後、詩を定義することの困難について考える。
あるいは、つまらない詩への道順について。

恋愛《きんだい》を成就させる為の文章教室
口語のクンニに飽きた美代子は
ほろびゆく文語にもだへ苦しみ
おほきな算盤のうへをすべつて

某月某日

谷川俊太郎の詩集『コカコーラ・レッスン』（思潮社）再読。

次の箇所に、マーカーを引く。

「この世には詩しかないというおそろしいことにぼくは気づいた。この世のありとあらゆることはすべて詩だ、言葉というものが生まれた瞬間からそれは動かすことのできぬ事実だった。詩から逃れようとしてみんなどんなにじたばたしたことか。だがそれは無理な相談だった。なんて残酷だろう。」

つまらない物語はここでおわる
じぶんが吐きし息《ふう》の臭さ《エモ》に驚き
別れたる詩《うた》を想ひて自慰《オナニィ》せし夜
里穂の空洞がおゝきくふくらむ

＊文中、鈴木志郎康「終電車の風景」、瀬尾育生「二〇一〇年十一月のパラグラフ」、谷川俊太郎「小母さん日記」より引用した。

小特集・シュルレアリスムについて考える

フランスの詩人アンドレ・ブルトンが、「シュルレアリスム第一宣言」を一九二四年に出してから、昨年（二〇二四年）で、一〇〇年になる。その後、影響力は世界の詩（文学）や絵画に及んでいった。日本の最も早いシュルレアリスト滝口修造は、この超現実主義と訳される思想が、日本の少数の詩人たちに関心を持たれ始めたのは、一九二七年（昭和二）年頃だったと推定している。それはその頃から起こった、モダニズムの詩運動の拠点として、一九二八年に創刊された「詩と詩論」（厚生閣書店）のなかで、ダダイズム、シュルレアリスム、未来派などが、盛んに紹介されたからだ。シュルレアリスムとは、わたしたちの心象世界には、意識が支配している法、宗教、常識、物語などの下層に、それの及ばない無意識の自動現象がうごめいている、という仮説に立っている。それを引き出すのが自動記述法であり、夢の解放であり、偶然の出会い（諧謔）であり、デペイズマン（関係のない語の意外な組み合わせ）であり、絵画ではコラージュとなる。今回はこれらについて必ずしもブルトンの〈宣言〉にとらわれず、その後の様々な試みを踏まえて自由に考えたい。

時には「青い手触り」の詩をひとつ

魚本藤子

心の仕組みは、氷山の比喩がよく知られている。意識という自覚できる部分は、氷山が水面上に出ている部分で、水中には深く大きな無意識の領域があると言われる。無意識の概念は、深層心理学におけるジークムント・フロイトやフランスの精神科医で心理学者のカール・グスタフ・ユングがよく知られている。フロイトは一八五六年生まれ、ユングは一八七五年、アンドレ・ブルトンは、一八九六年生まれであるから、ほぼ同時代を生きている。アンドレ・ブルトンも最初は、精神医学のドクターになる教育を受けていたというから、それぞれに大きな影響を受けたのではないだろうか。

アンドレ・ブルトンが『シュルレアリスム宣言』を書いたのは、一九二四年で、世界に衝撃を与えさまざまな芸術分野に影響を及ぼした。それは私たちが現実と思っている世界は、本当は目に見えない捉え難い意識と無意識の混沌とした世界であり、それを言語化しようという試みだったと思う。私たちが現実に意識していることは、社会的な規範、道徳、慣習の枠にがんじがらめになっていて、現実の中では無意識は忘れられている。

私たちは社会のよい一員となって清く正しく？　生きるように、長く教育を受けてきた一面がある。しかし実は目に見えない曖昧模糊としたこの無意識の領域の影響をも強く受けている。私が若い頃、詩に魅力を感じて詩を書くようになったのは、何か思春期のわけのわからない充たされない自己を抱えて、その空虚を詩が充たしてくれるような気がしたのだ。それでひたすら詩を書いていた。書いて言語化すれば、どこかほっとするものがあった。それはある意味、生温かい無意識の領域に触れ、それを解放することであったかもしれない。

シュルレアリスムを日本に紹介し、その後のシュルレアリスム運動の中心的な存在として知られる詩人に、西脇順三郎がいる。一九三三（昭和八）年に発行された詩集「Ambarvalia」は、室生犀星に激賞され、鮮烈な衝撃を詩界に与えた。それは、今も読まれ続けているが、その詩集の中の有名な「天気」という作品を取り上げてみる。

天気

（覆《くつがへ》された宝石）のやうな朝
何人か戸口にて誰かとさゝやく
それは神の生誕の日。

この作品は発表されて以来、幾度も読まれ続けている。今読んでも胸深く揺さぶる力は色褪せることがない。西脇順三郎は、「詩は遠いものと遠いものの連結だ」と言っている。全く関わり合いのないと思える遠いものとの連結は、現実的な世界では、異質なもののように見えるが、実は混然一体としたもののようにも思える。この「天気」という作品の美しく晴れた朝の情景を詩にする場合、目に見える場面だけをそのままリアルに表現しても、どこか十分ではなく、書き手の意に反して印象は薄くなる。「覆された宝石」とは頭では全く思い浮かばない表現だ。

この作品は、美しく晴れた朝という意識的な現実世界を、かけ離れた比喩を使うことで、無意識の領域が揺さぶられ、より鮮明に晴れわたった奇跡の朝の特別感が伝わって来るのだと思う。

人工知能学者の月本洋氏の『日本人の脳に主語はいらない』（講談社）を読むと、「通常表現では活動しない左脳の前頭葉が異常比喩では活動している。」と書かれている。言葉をどのように脳は理解するかという実験で、「赤い色」（通常表現）「暖かい色」（通常比喩）「青い手触り」（異常比喩）で脳の反応を調べたという。通常表現、通常比喩では反応しなかった部分が、「青い手触り」という異常比喩では、より活動したそうである。異常比喩とは、日常出合わない、予測できない表現で、そのようなわからないものに直面すると脳は、何とか理解しようとして活発になるのだろう。

この「青い手触り」という表現は、現実の意識下から現れたものではなく、無意識の領域から滲みでたものではないだろうか。このような現実的にはありえない比喩を読むと、私の心は震える。それは深い意識下で共鳴するからだろう。

心の様態は氷山に喩えられると先に書いたが、無意識の領域は、自覚できる意識の領域に比べて、大きく豊穣で深い。ある意味この無意識の領域が、生きていく上でとても重要なのではないかと思う。生きていると予測できない複雑な場面や危機に直面する。その時、人は今までの経験とか知識を駆使してなんとか安全に回避しようと試みる。けれど危機を生き延びた人は、「運がよかった」とか「胸騒ぎがした」とか話して、何か手の届かない大きな力の存在が感じられるのだ。それは動物としての本能や直感のようなものかもしれない。そしてこの本能や直感といったものはまた、無意識の領域によるものである。

ところが文化人類学者の中沢新一氏は、その著書に「生産力豊かな商品社会が発達したおかげで人間の残されていた最後の野生の野とも言うべき『無意識』の領域が、すさまじい勢いで均質化されていき、それは世界的な現象となっていた。」（『熊を夢見る』KADOKAWA）と書いている。そして中沢氏は無意識の領域を「ポエティック空間」とも表現している。無意識の領域は、木で言えば根っこにあたる部分で、その土台となる見えない根が貧弱であれば、木は風雨に耐えられないかもしれない。

アンドレ・ブルトンは「『真の人生』にいちばん近いものは、たぶん幼年時代である」（『シュルレアリスム宣言 溶ける魚』岩波文庫）と書いている。幼年時代は今と切り離すことができないものでもある。幼い日々は、はっきりこれと指し示すことができなくても、記憶の底で眠っているだけで失われたわけではなく、思いがけない時にふっと顔をだしたりする。シュルレアリスムでは、超現実と現実は連続したもののように考えていて混ざり合っているのだ。幼年時代がやせ細っていては、今を生きる力は殺伐としたものになるだろう。

アンドレ・ブルトンが『シュルレアリスム宣言』を書いてから百年が経った。けれどそれは、今も新鮮に読み継がれている。それは人間の存在が、曖昧でよくわからない無限の宇宙のように不可思議な存在であるからだろう。私たちは、私たちが何者か探り続け、求めてやまない生きものだと思う。慌ただしさばかり増してくる現代、私も時には「青い手触り」の詩を読んで、怠けてぼんやりしている脳にカツを入れたいと思う。

シュールのレシピ：〈幻想＃0〉＋〈啓示＃1〉

池上貴子

趣味人の「界隈」以外にはどうでもいい事と捨て置かれがちだが、実はゲーム業界こそは日本がまだ世界でトップを誇れるクリエイティブな産業だ。デジタル技術では中国や韓国、アメリカやポーランドのゲーム会社が、現実と区別のつかない映像美を完成させており、いわば「デジタルが現実に追いついてしまっている」。にも関わらず、「ファイナルファンタジー」（スクウェア・エニックス）や「ゼルダの伝説」（任天堂）など、デフォルメされた世界観とキャラクターを操作する日本のゲームが世界中の人々にプレイされ、支持されているのはなぜか。それは世界が「現実以上の現実」を求めているからだ。

これを証明するかのように、ゲーム制作会社のアトラス社が創業三十五周年作品として、現実に対する「幻想」の優位性をテーマとした「メタファー・リファンタジオ」（二〇二四年）を発表した。作品内容は、私達（プレイヤー）の住む現実社会と、登場人物（キャラクター）たちの住む現実社会とが互いに「幻想」とされ、鏡合わせのように相対化される特殊な構図をもつ。登場人物（キャラクター）たちは、自らを取り巻く人種差別社会や不平等な政治に対し、書物を通して私達（プレイヤー）の世界から得た〈民主主義〉という「幻想」（彼らにとっては「理想」）をもって立ち向かう。一方、私達（プレイヤー）は日々のニュースなどを通し、登場人物達が理想と憧れる〈民主主義〉社会が、現実においては矛盾を孕んだ「幻想」であることを知っている。このプレイヤー側が矛盾した歪な世界に抱く不安が具象化したような存在が、登場人物たちを突然不条理に襲う「ニンゲン」と呼ばれる異形達だ。制作者によると、ニンゲンのモデルは、実在したルネサンス期の画家ヒエロニムス・ボスによる聖書の寓意性に満ちたおぞましい悪魔たちだったが、〈神無き現代〉のゲームでは、歪んだ世界への生理的な恐怖や不安そのものとして機能している。

さて、このように現実への違和感をもって「幻想」は描かれ、幻想に満ちた世界観や異形達を、私達は習慣のように「シュールな世界だ」、「シュールな怪物だ」と口にする。現実とは違うナニモノかを処理する時に使われる言葉が「シュール」だ。果たしてこのシュールという概念を私達はどのように受け継いできたのか。今回、先駆者たるアンドレ・ブルトン『シュルレアリスム宣言』を読み、その思想が生まれた当時の社会構造への閉塞感や拒否感は、冒頭で述べた「現実以上の現実」としての「幻想」を求める現代人にも共通すると気づかされた。

ブルトンが徹底的に批判する、唯物主義的態度からなる「現実主義的態度」が実現する社会とは何だろう。それは「最小の努力ですますという法則」が押しつけられている、いわばコスパ重視の効率主義社会だ。これは産業のみならず、「論理の支配下に生きる」限りにおいて、敷かれたレールの上を外れない人生そのものにも適用される。これにブルトンは、ある時は「夢」、ある時は「狂気」、そして「想像力」といった論理の枠外に広がる「不可思議」な力をもって対抗しようとしたらしい。無論、ブルトンをはじめとするシュルレアリスムの芸術家たちに志向された表現は、フロイトから触発された無意識の世界にのみ終始するものではないだろう。互いに証明することのできない〈意識の埒外〉の表現だけでは、現代においても有効な「芸術」にはなりえないからだ。

不可思議はいつの時代でもおなじということはない。それはいわば一時代をおおう啓示の性質をぼんやりとおびているもので、その細部だけが私たちにとどいてくる。(中略)ある時期のあいだ人間の感受性をゆさぶるのにふさわしいすべての象徴がこれである

不可思議という現象がただ図象されるだけではない。鑑賞者によって「啓示」をもって受け取られていくことが芸術だとブルトンは語る。たとえば、シュルレアリスムの画家ルネ・マグリットによる、モデルたちの無機質な配置と無意味にも思えるつながり（デペイズマン）には現代的なセンスが感じられる。青空の下と街灯が灯る夜の家を同一空間で共存させた「光の帝国」（一九五四年）や、黒い山

高帽の無個性な男たちが空中に浮かんでいる「ゴルコンダ」（一九五三年）など、マグリットが提出してきたイメージは、まさに「シュール」という表現を確立した代表格といえるだろう。現在でも様々なアーティストが影響を受け、自らの作品にマグリットへのオマージュを捧げている。だが、マグリットの画がいまだに「現代的」と評される理由は、不条理に配置されたオブジェに、鑑賞者たちが不穏な啓示を読み取るからにほかならない。現代に生きる私達が時折感じる世界の歪《いびつ》さ、定型的な物語的文脈の破綻、あるいは世界からの疎外といった「啓示」の読み取りなくして、バラバラに散らばった意味のつながりのないモノ達は作品として成立しえないだろう。

その意味で、小説というジャンルはシュルレアリスムと相性が悪いと言わざるを得ない。ブルトンによって無意識に言葉を紡いでいく「自動筆記」の手法が提唱されているものの、その実験作『溶ける魚』（一九二四年）は作品となる段階で編集の手が入っており、純粋な自動筆記とは言い難い。加えて、次のような根本的な疑問に突き当たることになる。仮にこれが純粋な自動筆記で書かれた作品だとして、読者という「他者」を想定していない言葉の羅列を並べることは、ブルトンのいう「啓示」を生み出さず、「書く意味」を打ち消してしまうのではないか。つまり、〈誰に伝えられるのだ、その言葉は？〉という問いが残るのだ。ブルトンは「真の」自由を求め、表現もこれに沿うべきと考えていたようだが、『溶ける魚』における文脈を切断しつづける「文」の羅列という創作スタイルと、それを延々と読まされる読書体験は、書き手・読み手の共同作業において、本当に自由な表現となりえたか。この手法が以後小説のメインストリームにならなかったのは、結局はこの表現方法の限界を知らしめている。他者（自分を含む読み手）を想定しない言語表現が自由な表現と考えるのは、さすがに安易だと言わざるを得ない。むしろ先述した鑑賞者の無意識に「世界」の「啓示」を感得させていく造形芸術の方が、今もなお有効な表現方法として生き残っていることに思いを馳せるべきだろう。

ブルトンは、「新しい純粋な表現方式」を「シュルレアリスム」と呼ぶことにしたと高らかに宣言したが、小説は言わずもがな、絵画で扱うモティーフでさえも、他者と共有できるための「意味」は切り離せなかった（「意味を切り離そうとする意味」が永遠に発生するだけだった）。その点からも、「純粋な表現」は「幻想」に止まる。シュルレアリスムは、純粋に近づこうとした境界線上の芸術表現と言えるかもしれない。

阿部公房「赤い繭」「詩人の生涯」

有澤裕紀子

マグリットが好きだ。ダリが好きだ。昔から超現実的、非現実的なものが好きだった。今回小特集でシュルレアリスムを取り上げることになり、何度も取り上げる対象について考えた。そうして最後まで気になったものが阿部公房の短編だった。阿部公房の初期の短編には優れたものが多いが、若い頃に読み感銘を覚え、今読んでも輝きを放つ作品として次の二つの作品に言及してみたい。「赤い繭」と「詩人の生涯」である。この二つの作品にはどこか似通った雰囲気がある。

「赤い繭」は昭和二十五（一九五〇）年、雑誌「人間」（鎌倉文庫）に発表され、一時期高校の教科書にも載っていたので読まれた方も多いだろう。文庫本でわずか四ページ強の短編である。

ある男が突然自分の帰るべき家がないことに気づき自分の家を探すが、うまくいかず悩み苦しむ。そのうち死にたくなるが、自分の家がない理由が見つからないため、死ぬこともできない。そうするうちに突然足から自分の体が絹糸となりほどけてしまう。そしてすべての体がほどけると、夕焼け色の赤い繭になるのである。男はようやく家らしきものはできたと思いほっとするが、そこに帰るべき自分はいないことに気づく。空っぽの自分である赤い繭は知らない男に拾われて、男の子供のおもちゃ箱に入れられる、という物語だ。

そしてもう一つの「詩人の生涯」は、翌昭和二十六年「文藝」（河出書房）に発表されており、阿部公房は同時に同年発表の『壁—S・カルマ氏の犯罪』（新潮社）で芥川賞を受賞している。つまり、この二つの短編は阿部公房が作家として生成されていく過程で書かれた作品ともいえる。

「詩人の生涯」では、糸巻を巻く三十九歳の老婆が働き過ぎたため、疲れて「綿」のようになったあと、体が糸となり糸車に引っ掛かりほぐれてしまう。そして糸となった老婆は、糸車に巻かれてひとつの糸のかたまりとなる。老婆の足元で寝ていた息子は母親が糸になるところを見るが、自身の眠気には勝てず眠ってしまう。息子はそれ以前に労働者のためのビラを撒いたため、工場から追い出されていた。糸になった老婆を同じく貧しい隣の女が持ってゆくと、ジャケツに編んでしまう。女は生活のためにジャケツを売りに出るが、買うべき人は貧しさのため買えず、支配者層である金持ちは外国製の物を買うため、ジャケツは質屋の倉庫で溜まっていく一方であった。やがて疲弊した労働者たちの夢や魂や願望は肉体から流れ出し、それらは雪となって降り続きすべてを凍らせていった。やがて凍り付いた世界で労働者を失った支配者たちは滅亡してゆく。そうするうち、質屋の庫にいたネズミが温まるため老婆のジャケツを噛みちぎろうとする。するとその歯が老婆の糸の心臓を破ってしまい、ジャケツは老婆の血で真っ赤に染まるのであった。やがて降り続いていた雪が不意に止むと、老婆のジャケツは空中に立ち上がり、ビラを抱えた姿勢のまま凍り付いた自分の息子を探し当てる。赤いジャケツが息子の体をすっぽり包み込むと、彼は目を覚まし、突然自分が詩人であることに気づいて笑うのだった。彼は雪となって降っている貧しい人々の夢や魂や願望を聞き取り、彼らの代わりに雪の言葉を書き留めてゆくことを決意する。やがて雪が止み春が近づくと、質屋の倉庫は開かれ貧しい者たちは喜びにあふれ、それぞれにジャケツを身に着けていった。そして息子は完成した詩集のページを閉じるとそのページの中に消えていくのだった。

この二つの作品には似通った雰囲気があると指摘したが、それは次に挙げる要素が関係しているだろう。まず一つは、この二つの物語に登場する主要な人物が、糸としてほどけてゆき、別の物に変容するという点である。そしてもう一つは、色である。この二つの作品の中で、それぞれ変容した物はある色を持つのだが、「赤い繭」では「夕陽の赤」であり、「詩人の生涯」では血の色である「赤」である。

短編であるため、この二つの要素の共通性は多いといえる。しかし、読後感が違うのだ。今回あらためて読み直して感じたが、昭和二十五年に発表された「赤い繭」の読後感は、不条理な悲しみと軽みそしておかしみである。しかし、昭和二十六年に発表された「詩人の生涯」からは、不条理な悲しみとあたたかさ、そして強い決意と希望が感じられるのだ。

そして、二つの作品の決定的な違いがあるとすれば、それは「貧困を生み出す社会的構造への批判」であり、「他者」の存在だろう。「赤い繭」は主人公である男の他は、壁に姿を変える女（家を訊ねる男を壁になって拒絶する）と、最後に繭になってしまった男を拾って帰る男しか登場しない。男は自分の存在や帰る家について悩むが、他者との関わりは見られない。つまり自己完結の物語であり、もっといえば、物語の最後は男が子供のおもちゃ箱に入れられてしまうところで終わっている点から、作者自身が男の人生そのものをその時点で放棄したともいえるだろう。文体に終止おかしみがあるのは、語りである男が自分自身を常に客観的に観察しているためであり、滑稽で悲惨であるその客観的事実に流されていくことへの容認と諦めが見られるためである。悲壮感といったものは感じられないが、それでも人間のもつ根源的な不安や、不条理さは短編ながらよく伝わってくる。字数の少なさからいえば、十分に超現実という形式を借りて人間存在の危うさ、切なさを描いているといえるだろう。私もまたそこに惹かれたといえる。

しかし、「詩人の生涯」を読み返したあと、この両作品の大きな違いに気づき改めて阿部公房という作家を見直した気がした。

「詩人の生涯」で糸に変容するのは、母親であり、彼女の意識は糸になったあとはほとんど描かれない。彼女の足元に眠っていた息子は、最初他者である労働者のためにビラを配布していたが、工場から追い出されたことで、現実の厳しさに疲弊し、自身の存在意義を見失うことで、深く自閉していったと思われる。その証拠に、彼は綿のように疲れた母親が糸に変容していく瞬間を目撃するが、次のような状態に陥るのである。

――母さん。若い老婆の老《ふ》けた息子は、両手の指をあぐらの上で組み合わせ、爪《つめ》が紫色になるまでぎゅっとにぎった。頭で考えられる以上のことに出逢《であ》ったとき、心臓で感じられる以上のことに出逢《であ》ったときこうして組合した指の間で考えたり感じたりすることを、いつの間にか彼はおぼえていた。指の間で感じられることを充分に感じてから、中味のなくなった老婆の仕事着を新聞紙の代わりに腹にのせ、また横になった。何事も変えることの出来ない、疲労の海の波、さけることの出来ない存在の物理的法則。解き放つ鎖以外の何ものも持っていない彼が、睡りたいと思ったとき、何事もそれをさまたげることはできない。

しかしこのあと、若くして老婆のようになりながら息子を養っていた母親はジャケツとなり、ネズミに齧られたことでジャケツを自身の血で真っ赤に染める。赤いジャケツとなった彼女は、宙を舞い息子を探し当てると自分の血に染まったジャケツで息子の体を包むのである。それは絶望的な不条理であり、また母親としての自己犠牲とも、息子への深い愛情ともある種の奇跡とも読める出来事である。

息子はその後ビラを配る姿勢で凍り付いていたが、血に染まった母親であるジャケツに体をあたたかく包まれたことで、突然自分の存在意義（自分は詩人であるということ）を自覚する。もともと持っていた使命感を、不条理な現実によって見失いそうになった彼は、他者（ここでは母親）

との関わりによって強く思い出し、自覚するのである。

つまり「赤い繭」では終止不条理に悲嘆し諦めることしかできない男が描かれるが、「詩人の生涯」では、不条理に潰《つい》えてしまいそうになりながら、最後は立ち向かう母親と男が描かれる。希望、ともいえるだろう。「赤い繭」には見られない他者というものがそこには存在し、誰からも救われることのない「赤い繭」の男とはまったく違う結末を持っているのだ。そこには阿部公房自身が他者というものを意識し、超現実という形式を借りて自己の問題点を探り始めた様子が垣間見える気がする。阿部公房の作品はカフカの影響を受けていると言われるが、作品世界が荒唐無稽であるため評価が難しく、評論家によっては様々な見方がされているようである。例えば佐々木基一は『壁』の解説の中で次のように評した。

一見して明らかなことは、阿部公房とカフカの作品との、軽量および明暗の相違である。一口に云えば、カフカにくらべて阿部公房の作品は、はるかに軽く、はるかに明るい印象を与える―中略―

そして、この一瞥《いちべつ》の印象からさらに進んで、この印象によってくる源を奥深くまさぐって行くならば、われわれは、そこに人間が存在権を失った世界にたいする作者自身の態度のとり方の相違を発見することができるだろう。すなわち、阿部公房における軽みないし明るさは、主人公が、現実世界での存在権の喪失を、さほど深刻には悩んでいないこと、失われたものにたいする郷愁を、ほとんどまったくといっていいほど感じていないことからくるのである。阿部公房における叙事詩的なものとわたしの云うのは、ほかならない、この軽さ、この明るさなのである。(1)

佐々木は阿部公房を評して「主人公が、現実世界での存在権の喪失を、さほど深刻には悩んでいない」と指摘しているが、本当にそうだろうか。少なくとも「詩人の生涯」に流れる喪失と不条理な現実に対する真摯な対峙の姿勢は、読む者の心に迫るものがある。あるいは、主人公が詩人としての使命に目覚めたように、阿部公房自身が作家としての核心を摑みかけた作品ではなかろうか。前掲の佐々木の批評に対してドナルド・キーンは阿部公房の『水中都市・デンドロカカリア』の解説の中で次のように評している。

ところが、阿部氏の作品は初期から非現実な要素が非常に多い。「おれは餓えていた」といういかにも写実的な出だしを読んで行くと、並大抵の作家が書いたものだったら、そこから始まる小説の発展が大体想像できる―中略―結末を読むと、阿部氏はふざけているのではないかと不安を感じる読者がいるかも知れないが、阿部氏の場合、ふざけるということは、真面目《まじめ》さと矛盾しない。

人間の喜劇には悲壮な場面が多いが、喜劇だと定めてしまわなければ、耐えられないほどの苦痛だろう。(2)

ドナルド・キーンが指摘するように「喜劇だと定めてしまわなければ、耐えられないほどの苦痛」があるのだとすれば、安部公房の後年の作品が荒唐無稽で滑稽な喜劇であればあるほど、登場人物のもつ絶望や喪失は深いともいえるのである。そういった意味で「詩人の生涯」はまだ、それほどの喜劇とはなっていない。しかし「赤い繭」における「赤」が人生の終焉を表す「夕焼け色」であるのに対し、「詩人の生涯」の「赤」は、母親の心臓から流れ出る真っ赤な血の「赤」なのである。「赤」はまた西洋ではキリストの犠牲の血や愛を意味し、聖なる色とも言われる。同じ「赤」をキーワードのように描写しながら、「赤い繭」を書いた作者と「詩人の生涯」を描いた作者とでは、作品に込めた思いが違うことは明白である。少なくとも「赤い繭」がまだ持ち得なかった真の「絶望」や「喪失」が「詩人の生涯」においてかいま見られる気がするのだ。それはやはり社会の不条理な構造であり、「他者」というものがキーワードとなるだろう。

それにしても日本の近現代の作家において、阿部公房のような作家は稀である。一歩間違えば、SF作品ともなりかねない超現実という荒唐無稽の作品構造の中で、あれほど絶望的ともいえる現代人の存在への不安、不条理なものへの懐疑、他者という不可解なものを問い続けた作家はいないのでは、とあらためて感じさせてくれる。そういった意味においても昭和九年に発表されたアンドレ・ブルトンの「シュルレアリスム宣言」から始まったこの運動は、世界中の多くの芸術家に驚くほど豊かな武器を与えたといえるだろう。

注

(1) 佐々木基一「解説」(阿部公房『壁』所収、新潮文庫、昭和五十二年)
(2) ドナルド・キーン「解説」(阿部公房『水中都市・デンドロカカリア』所収、新潮文庫、平成五年)

天使の騙し絵
シュルレアリスムと現在

渡辺玄英

二〇一九（令和元）年に「ウィーン：女性たちの肖像」という音楽と詩と舞踊のイベント（監修／スーザン・バージュ〈コンテンポラリーダンス演出家〉於：大分市美術館）が開催された。欧州のモダニズムを意識した、たいへんオシャレなイベント。なにしろわざわざ百年ほど昔の、しかし当時の最新楽器「オンドマルトノ」や「テルミン」（世界初の電子楽器）も動員し、ダンスはもちろんのこと音楽も衣装もびっくりするくらいそれっぽく作りこまれていた。

　百年前のウィーンといえば、ちょうど第一大戦終戦直後で実際は混迷の最中なので、この催しのイメージ自体は大戦前の、ちょうどモダニズム影響下、文化爛熟期のウィーンだろう。そのころの平和な欧州の最新流行ってこんな感じだったんだろうな、という感慨を抱いたものだった。

　このイベントでは数篇の詩も朗読された。日本語で。例えば次のような。

　左手のペンで手紙をかこうとして　どこにも送り先がないことに気がついた
届かない手紙だけが　触れようもない魂の夢に届くことがある
夢の地平線はどこまでも伸びていく　あの黒い列車はどこに向かったのだろうか
どこにも到着する駅がなく　ただただ遠ざかる過去という隣人に
蝙蝠傘をさした男は　街燈の下で虹色の巻貝の夢になっている

　これは「天使の騙し絵」という作品の部分。当時のモダンなヨーロッパの雰囲気がうかがえないだろうか。「過去という隣人」という伝統を超克し、「夢の地平線」という科学文明に直面する一方、近代が人をいったいどこに誘《いざな》うのかという、不安と希望に揺れる心理が「虹色の巻貝の夢」となって、この作品から読み取れるのである。

　だがしかし残念無念。極めて残念なことに「天使の騙し絵」は、渡辺が主催者から依頼されて、イベントのために〈それらしく書いた作品〉だった。長年、詩を書いていればこれくらい何とかなるんですな。でも全然、威張れない。これは堕落かもしれない。

　依頼されれば何でも書くという態度と、書けるという能力とは、慎重に区別したい。実は、これを書くときに、それっぽく書いて悦に入るのは避けよう、自分なりの価値観を大事にしようと努めた。渡辺は賢くないし、調子にのりやすい。自己抑制がうまくいったかは自信ないが、そう努めたのは戦前の日本の詩の挫折が頭にあったからだ。

今から八十年余り前、日本の大多数の詩人が求められて、あるいは自らすすんで大量の戦争協力の詩を書いた黒歴史は周知のこと。むろん、シュルレアリスムを標榜した詩人も例外ではなかった。

では、当時、どのように変貌したのか一例を挙げよう。日本最初のシュルレアリスム宣言（一九二七年）を上田敏雄、上田保と連名で出した、北園克衛（一九〇二～一九七八）の変貌ぶりは次のようなものだった。

驟雨

友よ　またアポロが沖の方から走つてくる
雨のハアプを光らせて
貝殻のなかに夕焼けが溜まる

これは戦前一九三七（昭和十二）年の詩集『夏の手紙』（アオイ書房）のなかの小品。で、その六年後の大東亜戦争時の『辻詩集』（社団法人日本文学奉公会編、八紘社杉山書店）ではこうなる。

軍艦を思ふ

日本人は太古より
太刀の形に艦を造つた

仇なす敵を屠るために
百錬の太刀のごとくこれを操つた

今や一大事の秋
民族の生命の軍艦を思ふ

しぶきをあげて
切りすすむ荒武者のごとき軍艦を想ふ

速きこと疾風のごとく
猛きこと雷のごとき必勝の軍艦を想ふ

わずか数年、書法の変わりようの凄まじさ。当時の最先端のムーブメントであるシュルレアリスムを標榜した御仁がどうしてこうなるのだろうか。前者では、海の上に「アポロ」を見ているのに、後者では「荒武者のごとき軍艦」

を想っている。前者は口語なのに、後者では文語に。モダニズムって古い文化を近代精神で乗り越えるんじゃなかったの？　なんで先祖返りしてるの？　書けりゃいいってもんじゃないだろ。

さらに悲しいことに、敗戦後の一九五五年の詩集『ヴィナスの貝殻』（国文社）では、元の木阿弥、北園はこんな腰が抜けるような甘ったるい詩「NIGHT IN JUNE」を書いている。

「美しいものは／あなたの背中／／夏の背中よ／ガラスの月と／憂愁なぼくのプロフィル／そして／なんだかわからない／ものの影など／がうつっている／あなたの背中よ（後略）」

「なんだかわからない」のは読んでるこっちの方だよ。なぜ、戦前・戦中・戦後でこんな無節操な書き分けが可能なのだろうか。

原因は何だろうか。

戦争に協力する世論に迎合した？　表現を強要された？　むろん、戦前は急激に国粋主義が極まって、シュルレアリスムは弾圧された。治安維持法が適用された一九四〇年の神戸市詩人事件や京大俳句事件が有名だ。たしかにそれはあるだろうが、とはいえ書法文体をここまで極端に変える必要はあるだろうか。あるいはそれを嫌うなら、西脇順三郎のように書かないという選択だってあっただろう。まあ、そんな倫理的問題はともかく、北園は〈自分の表現〉を本当は信じていなかったのではないか。

そう、たんなるヨーロッパの最新流行のファッションのように受け取っていたのではないだろうか。ファッションとしてのシュルレアリスム。だから、状況次第でいくらでも〈それらしく書いた作品〉を作れる。衣裳を着替えるように都合よくスタイルを変えて。

ブルトンによればシュルレアリスムは「夢の全能と思考の非打算的な活動にたいする信頼に根拠をおく」。人の夢や無意識という「自己の暗く不可解な部分」を活かし、諸々の規範にがんじがらめになっている自己の、あるいは表現の解放を図ろうとするものだったはずだ。（括弧内は稲田三吉訳による『シュールレアリスム宣言』〈現代思潮社〉から）

はたして「アポロ」や「ハアプ」は、昭和初期の北園の内部で本当にリアリティがあったのか、はなはだ疑問だ。それが詩に登場するだけの必然があったのか。ただの憧れの借り物だったのではないか。

さて、ここからひとつ重要な教訓を汲みとれないだろうか。シュルレアリスムに限らないが、表現者は〈表現の根拠となる自分の思想〉を持つべきだということ。自分の思想が、自己表現のスタイルの根拠になる。つまり、自覚的な詩の表現者であろうとしなくては、わたしたちを拘束する規範や外圧に容易に巻き込まれてしまいかねない。

　無自覚な表現者は、規範的な詩のようなものを、知らず知らずのうちに規範によって書かされてしまう恐れがある。通常、わたしたちは「伝統的な共同体」に結びついて存在している。そこにはさまざまな規範（＝当たり前と思わされているもの）があって、わたしたちの内面に至るまで制約し続けている（もちろん伝統的でも新規でも共同体ならば同様だが）。だから、〈自分の思うままに表現する〉というのはたいへん危険だということになる。〈思うまま〉は、実は〈思わされているまま〉かもしれない。

　したがって、無自覚な表現者は何かきっかけがあれば、自分の〈感慨も印象も主張も書法〉も無自覚のまま、衣裳を着替えるように転向してしまう恐れがある。過去の黒歴史の轍を踏まないように常に自戒したい。

　現在、わたしたちはシュルレアリスムを知識として語ることはできる。しかし、たんなる知識に価値はなかろう。わたしたちの現代詩はシュルレアリスムをきちんと血肉化しているのか。書法（技法）としてはそうだろう。だがそれ以前に、日常の自明の「自己」を疑うべきだろう。諸々の規範にがんじがらめになっている自己の解放、あるいは表現の解放をめざすというシュルレアリスムの理念を、その目指す方向こそを大切に考えたい。って考えている〈私〉はいったい誰なのか?

ダダイズムからの展開
——中原中也の出発

北川　透

　わたしはここでは、日本の現代詩における、シュルレアリスムついて書くつもりでいた。しかし、いざ書こうとして、当惑したのは、日本におけるシュルレアリスムの研究、論稿、評論は、大ざっぱに言えば、フランスを中心にした、ヨーロッパのそれの紹介・敷衍《ふえん》に過ぎないものが多かったからだ。確かに昭和初年代にモダニスムの運動の母体となった詩誌「詩と詩論」（厚生閣書店）に、シュルレアリスムへの関心、それにかかわる詩論、実践がないわけではない。

　しかし、それは戦時下の抑圧に対して、戦後まで抵抗し、生き延びるだけの力を持たなかった。むろん、言うまでもなく、そこには後進国日本の近代化にともなう、ただただ先進ヨーロッパの模倣で痩せこけたモダニスム詩の運命があって、一概に否定してすむ問題ではないだろう。そこには詩や絵画にとどまらず、文学・芸術表現全体にとって、批判的に汲み取らねばならぬ、普遍的なテーマや方法が含まれており、その是非も含めて検討する意義は今も失われてはいない。そのためにも、その前段階として、シュルレアリスムが、克服の対象とした、ダダイズムの検討から入るべきだろうと思いついたのだった。ただ、最初にシュルレアリスムが何であったか、という粗描だけは、ここでしておいた方がいいだろう。

創始者はフランスのアンドレ・ブルトンだ。彼も初めはダダイストだったが、ただの全面否定による、反芸術運動としてのダダの表現の貧しさを克服するための、シュルレアリスムの基本的なアイディアを考えた。それをちょうど百年前の一九二四年に第一宣言として発表し、その後、第三宣言まで出している。その全翻訳は一九六一（昭和三十六）年に、現代思潮社から出ているが、シュルレアリスムの理念を整理して言えば、まず、フロイトの精神分析学の影響を受けた、睡眠時の**《夢》**に現れる**《無意識》**の叙述がある。それが**《超現実》**の獲得としてとらえられている。次にその方法として不可欠な**《自動記述法》**が提起される。

これによって目的意識や社会的な常識、因果関係による志向が排除された。そして、最後にブルトンが親しんだ、そして、多くのシュルレアリストから関心を持たれた、ウルグアイの詩人、二四歳で亡くなったロートレアモンの『マルドロールの歌』の第六歌の一行**《その男はミシンと雨傘とが解剖台の上で偶然に出会ったように美しい》**という、**《デペイズマン**（常識から外れた意外な組み合わせや**コラージュ）》**を提起している。

さて、日本におけるダダイズムの紹介から始めるべきだろう。それは大正九年（一九二〇）頃と推定されている。代表的なダダの詩人に高橋新吉、辻潤、尾形亀之助、坂口安吾などがいる。中原中也もまた、ダダの詩人として出発した。

彼が草稿として残している「我が詩観〈詩的履歴書〉」のなかに、そのことは書かれている。それを要約すれば、大正十二年の春に、文学に夢中になっていて、山口中学を落第してしまい、そこで京都の立命館中学の第三学年に転入学する。《生れて始めて両親を離れ、飛び立つ思ひ》のなかで、その年の秋の暮れに、《丸太町橋際の古本屋で『ダダイスト新吉の詩』》を読み、《中の数篇に感激》したのだった。今日、わたしたちは、中也がただ《感激》したにとどまらず、そこから影響を受け、ダダ風の詩を書き始めたことを知っている。まだ十六、七歳の少年と言ってよい彼が書いた、二冊の「ダダの手帳」は紛失して残っていない。偶然、友人の河上徹太郎が書き写していて残った二篇や、他のノートに書かれていたダダの詩のすべては、詳しい注釈付きで、『中原中也全集』（角川書店）第二巻で読むことができる。ここでは「ダダの手帳」の一篇「タバコとマントの恋」を引用しておこう。

タバコとマントが恋をした
その筈だ
タバコとマントは同類で
タバコが男でマントが女だ
或時二人が身投心中したが
マントは重いが風を含み
タバコは細いが軽かつたので
崖の上から海面に
到着するまでの時間が同じだつた
神様がそれをみて
全く相対界のノーマル事件だといつて
天国でビラマイタ
二人がそれをみて
お互の幸福であつたことを知つた時
恋は永久に敗れてしまつた。

（「タバコとマントの恋」）

タバコとマントという無機質の物に、男と女の性を与え、恋愛をさせるばかりか《身投心中》までさせる。その上、海面に到着するまでの時間が同じだったというので、《相対界のノーマル事件》ということになり、神様が祝福のビラまきまでするが、幸福であることを願わないタバコとマントの恋は破綻する。まったくナンセンスに満ちた悲恋だが、むろん、ここで否定されているのは物語的叙述だ。この無意味に徹した非物語を、ダダイズムと見なしてよいのか。物語（性）の解体は、ダダイズムの特徴だが、まだ、少年と言ってもよい中也が、毎日のようにダダ詩を書き続けたことに驚いてよいだろう。ただ、彼がダダに身を投じた契機は、落第とか、家族からの離脱とか、孤独というような個人的な危機感においてであった。それはヨーロッパのダダイズムが持っている、第一次世界大戦がもたらした破壊と荒廃の時代的、そして、社会的な厭世・絶望の気分とは異なるものだった。やがて全身を委ねたダダから脱出した中也は、シュルレアリストにはならなかったが、後年の彼の何篇かの詩に、シュルレアリスムの影は差していないだろうか。

日本へのダダイズムの紹介は、先に触れた中也の「ダダの手帳」に、およそ三年先立つ大正九年八月十五日付の「万朝報」(朝報社)によっている。そこではルーマニア(↓フランス)の詩人で、ダダの創始者トリスタン・ツアラの「一九一八年宣言書」の紹介が、若月保治によってなされているが、これにダダイズムの特徴が、よく出ているので引いて終わりたい。なおここでの《ボルシェリズム》というのは、ロシア革命におけるレーニンの革命思想を指している。

《ダダイズムは一種の文芸上のボルシェリズムであり、ニヒリズムである。此派の首領であるといはれてゐるツアラは、正直にいふと、自分等は狂人であるかも知れない。狂人でもいいから、家庭も道徳も常識も記憶も考古学も預言者も未来も一切をすてたいといつてゐる。》

同人の皆様へ 「小特集」投稿へのご案内

「鯨々」にて毎号掲載している「小特集」への原稿を募集いたします。

投稿規定

(1)編集会議で決めたテーマ、参考図書について、自由に書く。テーマに沿っていれば、必ずしも参考図書に触れなくてもよい。

(2)小特集のテーマと参考図書については、原稿締め切り約二カ月前にメールにて同人全員にお知らせいたします。投稿を希望される方は、編集同人の有澤までお知らせ下さい(興味のあるテーマの号のみの参加も可)。

(3)字数=四百字詰原稿用紙で原則七枚以内(七枚を超える場合は渡辺編集長に相談)。

(4)締め切り=詩や評論の原稿と同日(「鯨々」誌投稿規定参照)。

(5)参加費=五千円(同人会費一万円とは別途必要)。

同人皆様のご参加をお待ちしています。

編集後記

しばらくすると、幼鳩のあのゴミのような黄色の産毛は抜けていき、くろぐろふんわりとしてきた。よく観察すると、二羽には違いがある。片方は目つきが鋭く少しだけ大きい。そしてもう一羽の顔つきはやわらかいのだ。そして仲良し。一羽が雄で、もう一羽が雌のように見えた。兄と妹？（姉と弟かも）だろうか。二羽の写真を定期的に娘たちに送っていたら、それぞれに名前をつけてくれた。「武蔵くん」と「カレンちゃん」。なんだか家族が増えた気がした。

（有澤）

今話題の「ハゲタカジャーナル」（お金さえ積めば論文を載せてくれる玉石混交の学術誌）を悪しざまに言うのなら、掲載料一〇〇万円からの「ネイチャー」や「サイエンス」を先に批判した方がいい。世界にあった無数の可能性の芽はこれまで「権威」と「経済」に潰されてきたが、いずれネット空間で花開いて、もはや学術誌など振り返らないだろう。

（池上）

今日の新聞見ていたら、イチローの日本人初となった、「米国野球殿堂」入りした記事が出ていた。これは全米野球記者協会の記者たちの投票で決まる。イチローはマリナーズなどで活躍し、日米通算四三六七安打を打ち、これ《殿堂入り》に申し分ない記録だった。多分、本人も関係者誰もが満票を予想した。むろん、満票ならずとも《殿堂入り》はできるのだが、開けてびっくり、満票に一票足りなかった。イチローの言。《一票足りないのはすごくよかった。》《生きていく上で、不完全だから進もうとできるわけでね》。イチローを褒めたいわけではないが。

（北川）

大河「べらぼう」の駄洒落が面白い。「ありがた山の寒鴉」、「恐れ入谷の鬼子母神」、「上がったりやのかんかん坊主」等。語感を活かす飛躍やズラし。で、マネして「そうで巣鴨の地蔵通り」と作ってみ多摩サンリオピューロランド。無限に作れそうで生姜は土佐の産。寛政の緊縮財政の圧迫感がきっと日常言語の粋な悪フザケ（抵抗）を生んだのだ。時代と表現は密接だ。ウクライナやロシア、ガザではどうなんだろう。むろんニッポンでは。

（渡辺）

同人一覧

有澤裕紀子*（ありさわ・ゆきこ）
池上貴子*（いけがみ・たかこ）
石松　佳（いしまつ・けい）
魚住珊瑚（うおずみ・さんご）
魚本藤子（うおもと・ふじこ）
鶯　奈日（うぐいす・なひ）
奥野政元（おくの・まさもと）
北川　透*（きたがわ・とおる）
沢田敏子（さわだ・としこ）
竹中優子（たけなか・ゆうこ）
中原秀雪（なかはら・ひでゆき）
那須　香（なす・かおり）
松本秀文（まつもと・ひでふみ）
模土　靭（もど・うつぼ）
山口賀代子（やまぐち・かよこ）
渡辺玄英*（わたなべ・げんえい）

*は編集同人

※「鯨の会」読書会は二〇二三年に再開しました。

鯨々 GEIGEI 18号

2025年4月1日　第1刷発行

発行 ■「鯨々」同人会

〒750-0046 下関市羽山町1－1－304　有澤方

編集 ■ 渡辺玄英

制作・販売 ■ 有限会社海鳥社

〒812-0023 福岡市博多区奈良屋町13番4号

電話092(272)0120　FAX092(272)0121

http://www.kaichosha-f.co.jp

印刷・製本　九州コンピュータ印刷

ISBN978-4-86656-181-3

定価（本体800円＋税）